Franz Heinrich Siesmayer
Lebenserinnerungen

# Franz Heinrich Siesmayer
# Lebenserinnerungen

Neu herausgegeben von
Thorsten Reuter und Peter Althainz

Books on Demand GmbH, Norderstedt

ISBN: 3-8334-5083-5

# Inhalt

# Infotexte Parks

# Vorwort der Herausgeber

Seit 1997 als Arbeitstherapeut in der „Therapeutischen Einrichtung Eppstein" — einer Fachklinik für Drogenabhängige — mit der Pflege bzw. Restauration des dortigen angelegten Bergparks beauftragt, war ich über Monate auf der Suche nach Material, um die ursprünglichen Gestaltungskriterien des über Jahrzehnte naturbelassenen Parks herauszuarbeiten und die ursprüngliche Parkkonzeption durch forstliche und gärtnerische Maßnahmen wiederherzustellen.

Da leider fast alle Schriftstücke und Pläne über das Anwesen wärend des Krieges verloren gingen und nur der Gartenarchitekt Siesmayer bekannt war, mußte sich meine Suche auf diesen Namen konzentrieren.

Bei der Recherche stellte sich heraus, daß es offenbar fast keine Literatur zur Arbeitsweise Siesmayers bzw. sehr wenig Material zu dessen Person gibt und dieses sich wiederum im wesentlichen auf die von Siesmayer 1892 veröffentlichten „Lebenserinnerungen" bezieht. Es entstand die Idee, diese durch eine neue Bearbeitung wieder zugänglich zu machen.

Bei einem gemeinsamen Besuch des Bergparks in Eppstein kam ich mit Peter und seiner Frau Silke auf das Thema „Lebenserinnerungen" zu sprechen. Seitdem war Peter die treibende Kraft und ihm ist es massgeblich zu verdanken, dass wir das Buch in seiner aktuellen Form vorlegen können.

Wir wünschen viel Freude beim Lesen, am besten auf einer Bank in einem Park des Künstlers, aber auch gerne im eigenen Garten!

*Thorsten Reuter und Dr. Peter Althainz*

# Der Landschaftsgarten

Ende des 17. Jahrhunderts entstand in England die Idee des Landschaftsgartens. Es waren besondere politische, philosophische und künstlerische Aspekte, die den neuen Gartenstil förderten. Erstmalig in Europa wurde ein Parlament an der Regierung eines Staates beteiligt. Pressefreiheit förderte ein liberales Gedankengut und Philosophen propagierten ein neues Naturgefühl. Die ungestaltete Natur wurde zum Symbol für Freiheit und Unabhängigkeit. Im Gegensatz dazu empfand man den barocken, geometrischen Garten Ludwig XIV. in Versailles als Sinnbild der Feudalherrrschaft.

Der **Dichter Alexander Pope (1688–1744)**, dessen Garten in Twickenham bei London als erster Landschaftsgarten gilt, verglich den akkurat geschnittenen Baum im barocken Garten mit einem zurechtgestutzten Lakaien, während er den freiwachsenden als „edler als ein Monarch in seinem Königsgewand" beschrieb.

In der ersten Phase ihrer Entwicklung waren die Landschaftsgärten zumeist Umgestaltungen vormals barocker Gärten.

Der Maler **William Kent (1685–1745)** leitete, gefördert durch **Lord Burlington (1695–1753)**, einem Weggefährten Popes, die zweite Phase ein, indem er letzte geometrische Spuren durch Elemente der Kompositionstechnik ersetzte. Die Gärten wurden zu begehbaren Bildern, welche sich nach und nach vor dem Betrachter entfalten. Kent avancierte in den folgenden Jahren zum bedeutensten Gartenarchitekten Englands. Berühmt sind seine Gärten in *Rousham*, einem der am besten erhaltenen frühen Landschaftsgärten, und *Stowe*. In letzterem arbeitete er erstmalig mit **Lancelot Brown (1716–1783)** zusammen, der zu seinem wohl bekanntesten Nachfolger wurde. Brown, ein professioneller Gartenarchitekt, der den Beinamen „Capability" (Fähigkeit) trug, verwandelte in den Folgejahren ganze Landstriche Süd- und Mittelenglands in regelrechte Parklandschaften. Er bearbeitete mehr als 200 Parks und lehnte einen Auftrag aus Irland mit den Worten: „ich habe England noch nicht beendet" lapidar ab. Das Formenrepertoire Browns sollte maßgeblich sein für die weitere Entwicklung der Gartengestaltung.

Im letzten Drittel des 18. Jahrhunderts nahm die Einfuhr von ausländischen Bäumen und Sträuchern immer mehr zu. Insbesondere an das hiesige Klima angepasste Pflanzen aus Nordamerika gewannen an Bedeutung und langsam tauchten die ersten farbenprächtigen Blumenbeete um die Herrenhäuser auf.

Unter George III. entstand in dem von **William Chambers (1723–1796)** angelegten königlichen Landschaftsgarten der berühmte Botanische Garten von *Kew*. Chambers versuchte durch das Einbringen künstlicher Elemente, wie z.b. chinesicher Architekturmotive (eine bekannte Nachahmung ist der chinesische Turm im *Englischen Garten in München*), den strengen Stil Browns aufzulockern.

Einer der ersten Parks auf dem Kontinent im Stile eines englischen Landschaftsgarten, der die Gestaltungsprinzipien Browns mit der Ausstattungsfülle Chambers verbindet, ist der Park von *Wörlitz* bei Dessau, den **Friedrich-Franz von Anhalt-Dessau (1740–1817)** anlegen ließ. Er hatte zuvor gemeinsam mit dem Architekten **Friedrich Wilhelm v. Erdmannsdorf (1736–1800)** und dem Hofgärtner **Johann Friedrich Eyserbeck (1734–1818)** England bereist und die Gartenstile studiert. In Deutschland wuchs ein schwärmerisches Interesse für die Gartenparadiese von der Insel. Für den *Weimarer Schlosspark* entwarf **Goethe (1749–1832)** Gartenanlagen und konzipierte Denkmäler.

Mit dem *Englischen Garten* in München wurde 1789 durch Kurfürst Carl Theodor von Bayern ein erster Volksgarten in engerem Sinne in Auftrag gegeben. Sein Gestalter war der in Weilburg a. d. Lahn geborene **Friedrich Ludwig Sckell (1750–1823)**, der drei Jahre in England verbracht hatte und dort unter anderem mit Brown in Kontakt getreten war. Die weiträumige Gestaltung des Terrains und der weitestgehende Verzicht auf Ausstattung in Form von Bauten oder kleinräumigen Arrangements sowie die für ihn kennzeichnende Wegeführung prägten den Stil der frühen Volksgärten in Deutschland, deren Vorbild die großen Londoner Bürgerparks wie *St. James* oder *Regent's Park* waren. Die Anlage sollte „zum traulichen und geselligen Umgang und Annäherung aller Stände dienen, die sich hier im Schoße der schönen Natur begegnen", wie Sckell 1818 schrieb.

Das Jahr, in dem der Englische Garten in München eröffnet wurde, war zugleich das Geburtsjahr von **Peter Josef Lenné (1789–1866)**. Lenné, der aus einer Bonner Gärtnerfamilie stammte, bildete sich 1811 bis 1812 in Paris fort.

Ein Jahr lang hospitierte Lenné bei dem Leiter des weltberühmten Botanischen Gartens von Paris **André Thouin (1747–1824)** und hörte in dieser Zeit auch Vorlesungen zu Architektur und Entwurf bei **J. N. L. Durand (1760–1834)**. Vermutlich hatte er auch Kontakt zu **Gabriel Thouin (1747–1829)**, einem Bruder André Thouins, der Jahre später das einflußreiche Werk „Plans raisonnés de toutes les espèces des Jardins" (1820) herausgab. Darin präsentierte er Entwürfe für die Umgestaltung der Landschaft um Versailles und plädierte für eine künstlerische Gestaltung der gesamten Landschaft.

In England übernahm nach dem Tod Lancelot Browns **Humphrey Repton (1752–1818)** eine herausragende Rolle unter den Gartenarchitekten. Wärend bei Brown einfache Wiesen bis unmittelbar an die Hausmauern gereicht hatten, umgab Repton diese mit Terrassen, Blumenrabatten und wertvollen Gehölzpflanzungen. Der klassische Landschaftsgarten wurde Anfang des 19. Jahrhunderts als zu eintönig und unzweckmäßig empfunden. Repton propagierte das Gesamtkunstwerk, in dessen Mittelpunkt die malerisch umpflanzten Hauptgebäude stehen. Fließende Übergänge leiteten ohne sichtbare Grenze zu dem umgebenden Landschaftspark über.

**John Claudius Loudon (1783–1843)** entwickelte den „Gardenesque Style", dessen Charakteristikum es war, jede Pflanze in ihrer typischen Eigenart in Einzelstellung zur Geltung kommen zu lassen. Botanische Vielfalt und die Gestaltung verschiedener Gartenzonen waren gefragt. Gewächshäuser, Orangerien oder Wintergärten finden sich allenthalben.

Nach seiner Englandreise griff Lenné viele dieser Neuin-szenierungen auf. Unter anderem plant er Gärten für Villen und Schlösser, die von dem Architekten Friedrich Schinkel ent-worfen worden waren. Als Hofgartendirektor in **Sanssouci** im Dienste Friedrich Wilhelms IV. umgab Lenné Berlin und Pots-dam mit einem Gürtel von Gärten und Parkanlagen. Dies war ein Impuls für ganz Deutschland im Hinblick auf die Gestaltung des öffentlichen Raums und die Landschaftpflege im allgemei-nen.

**Fürst Herrmann von Pückler-Muskau (1785–1871)** der als „Amateur" mit zu den großen Gartenkünstlern im Deutschland des 19. Jahrhunderts zählt, war zeitlebens kritischer Beobach-ter Lenné's. Nicht ganz frei von Ironie schrieb der 69jährige Pückler an Lenné: „Hochgeehrtester Herr Generaldirektor ... ge-statten Sie mir, daß ich als collegialischer Dilletant mich an den Meister selbst mit der Bitte wende, mir aus der Landesbaum-schule so viel Pflanzen von wildem Wein ... zu verschaffen, als möglich ist, um meinen Tumulus damit ganz zu bedecken." Der Grabhügel in Form einer Erdpyramide ist im Park des Schlos-ses *Branitz* bei Cottbus zu besichtigen.

Gemeinsam mit seinem Mitarbeiter **Gustav Meyer (1816–1877)** vertrat Lenné über viele Jahrzehnte einen eleganten Land-schaftsstil, der sich unter anderem auch durch die Wiederauf-nahme regelmäßiger Gartenpartien auszeichnete. Schon we-nige Jahre nach dem Tod der beiden Protagonisten bezeich-neten ihre Schüler und Anhänger diese Richtung als Lenné-Meyersche-Schule. Einer ihrer bedeutensten Vertreter war der Gartenarchitekt **Heinrich Siesmayer (1817-1900)**, der in Süd- und Westdeutschland zahlreiche prägende Anlagen schuf. Mit dem *Bad Homburger Kurpark* pflegte und entwickelte die Fir-ma Gebrüder Siesmayer eine Anlage Lennés und Meyers fast ein halbes Jahrhundert lang.

# Heinrich Siesmayer

*von Barbara Vogt*

Der Gartenschriftsteller Camillo Karl Schneider zählt in seinem 1904 veröffentlichten Werk „Deutsche Gartengestaltung und Kunst" Heinrich Siesmayer zu den „wichtigsten Vertretern der deutschen Gartenkunst von etwa 1780–1880". Er nennt ihn neben Friedrich Ludwig Sckell, Hermann Fürst von Pückler-Muskau, Peter Josef Lenné und Gustav Meyer. Von diesen Gartenkünstlern unterscheidet sich Heinrich Siesmayer in einigen wichtigen Punkten. Seine Herkunft aus einer wenig begüterten Gärtnerfamilie ermöglichte ihm lediglich eine praktische Ausbildung. Der Besuch einer Gärtnerlehranstalt oder ausgedehnte Bildungsreisen in Europa waren ihm nicht möglich. Erstaunlicherweise wählte er trotz dieser ungünstigen Voraussetzung den Weg in die berufliche Unabhängigkeit und hatte keine Absicherung durch eine Stelle als Hofgärtner oder, wie sein Lehrer Sebastian Rinz, als Stadtgärtner.

Von den nachfolgenden Generationen wurden Sckell, Pückler-Muskau und Lenné ihre Bedeutung in der Geschichte des Landschaftsgartens in Deutschland immer zuerkannt, während Gustav Meyer und vor allem Heinrich Siesmayer bis in die 1970er Jahre kaum gewürdigt wurden. Sie galten vielen Landschaftsarchitekten des 20. Jahrhunderts lediglich als Vertreter der Brezelwege, Knüppelholzbrückchen und überbordender Blumenarrangements, welche aus ihrer Sicht die Parks des ausgehenden 19. Jahrhunderts kennzeichneten.

Seit etwa zwanzig Jahren werden die Gartenkünstler des 19. Jahrhunderts und ihre Werke eingehender erforscht und auch in Hessen ist wieder ein Bewußtsein dafür gewachsen, daß mit Heinrich Siesmayer einer der bedeutendsten Gartenkünstler des 19. Jahrhunderts hier beheimatet war.

Franz Heinrich Siesmayers Vorfahren waren bereits als Gärtner tätig. Sein Großvater war um 1770 aus Bayern nach Niederselters an der Lahn übergesiedelt, wo Siesmayers Vater Jakob Philipp 1781 geboren wurde. Durch die Lebenserinnerungen Heinrich Siesmayers wissen wir, daß sein Vater zwischen 1815 und 1837 häufig die Stellung wechselte und mit der immer größer werdenden Familie von Mainz-Mombach über Mosbach (Wiesbaden-Biebrich), Offenbach und Groß-Karben, wo er am Selzer-Brunnen tätig war, in das kurhessische Bockenheim zog. Neben dem 1817 geborenen Franz Heinrich, sollten auch seine Brüder Nicolaus (1815–1898), und Karl Friedrich (1821–1902) Erfolg als Gärtner haben. Es ist zu vermuten, daß aus der Familie des Großvaters und Vaters noch weitere Gärtner stammen, denn es finden sich in den Archiven vereinzelt Hinweise auf Gärtner mit dem Namen Siesmayer, die jedoch noch nicht genau zugeordnet werden konnten.

*Abbildung 1*   Heinrich und Nicolaus Siesmayer

Den drei Brüdern war durch die Armut der Familie der Besuch einer höheren Schule verwehrt, aber sie erhielten eine exzellente praktische Ausbildung bei dem bekannten Frankfurter Gartenbaubetrieb S. & J. Rinz. Sebastian Rinz (1782–1861), nach seiner Lehre in der Gärtnerei von Schloß Schleißheim in Bayern einige Zeit in der Sckell-Anlage Schönbusch (Aschaffenburg) tätig, war 1806 nach Frankfurt gerufen worden, um die Schleifung der Befestigungsanlagen voranzutreiben. Insbesondere sollte er auf den früheren Wallanlagen Promenaden anlegen. Das Ergebnis seiner Arbeit, ein Kranz schmaler landschaftlicher Anlagen, baumbestandener Plätze und beschaulicher Weiher um Frankfurt, entzückte die Bürger. Rinz wurde als Stadtgärtner fest angestellt. Mit seinen Söhnen Jacob und Franz betrieb er nebenbei eine sehr renommierte Baumschule und war im ganzen Rhein-Main-Gebiet als Gestalter von Villen- und Schloßgärten tätig. Viele der frühen Frankfurter Landschaftsgärten für Bankiers und Kaufleute gehen auf ihn zurück. Darüber hinaus importierten S. & J. Rinz neu entdeckte oder gezüchtete Pflanzen und waren führend bei Kamelien und Dahlien (damals Georginen).

Hier erlangten die drei Siesmayer-Brüder in den 1830er Jahren gute Kenntnisse über Pflanzenzucht und -import sowie über die Anlage von Gärten, angefangen vom Zeichnen der Pläne, dem Feldmessen bis zu den Ausführungsarbeiten. Während seine Brüder den üblichen Ausbildungsweg beschritten und sich auf Wanderjahren im In- und Ausland fortbildeten, blieb Heinrich Siesmayer nach der Lehre bei Rinz und arbeitete von 1834 bis 1840 als Gehilfe. Unter anderem leitete er die Umgestaltung der Wiesbadener Kuranlagen 1837.

Sein Abschied in die Selbständigkeit kam für Sebastian Rinz überraschend. Dennoch scheint er seinen Zögling in den nächsten Jahren, die für Heinrich Siesmayer nicht einfach waren, unterstützt zu haben. Als mittelloser Gärtnergehilfe ohne Anstellung war es zunächst schwierig, überhaupt eine Aufenthaltserlaubnis zu erhalten. Durch Vermittlung des Vaters konnte er sich im kurhessischen Bockenheim nahe der freien Reichsstadt Frankfurt ansiedeln. 1842 gründete er mit diesem und seinem Bruder Nicolaus, der gerade aus England zurückgekommen war, die Firma Gebrüder Siesmayer. Sie mieteten ein etwa ein Hektar großes Gelände mit einem Wohnhaus, das sie bereits nach wenigen Jahren kaufen konnten. Hier sollte bis 1904 das Zentrum der Firma Gebrüder Siesmayer sein. Auf dem Gelände wurden Blumen und Gehölzraritäten angezogen und im rückwärtigen Teil befand sich die Fabrik für Spalierarbeiten, in der Pavillons und andere Gartenausstattungen entstanden.

Mit der ersten größeren Gartenanlage, dem Park in Frankfurt-Goldstein für Louise Wilhelmine Reichsgräfin Bose (1813–1883), einer Tochter Kurfürst Wilhelms II. aus der morganatischen Verbindung mit Gräfin Reichenbach-Lessonitz, begann der Aufstieg Siesmayers. Er erhielt zunehmend Aufträge des wohlhabenden Frankfurter Bürgertums sowie für öffentliche Anlagen im Umkreis. Nicht unwesentlich für seinen Aufstieg ist die Zusammenarbeit mit Sebastian Rinz, für den er die „technische Ausführung" von Gärten und Parks besorgte, und mit dem nassauischen Hofgärtner Karl Friedrich Thelemann (1811–1889). Die Neuen Anlagen in Mainz, Teile der Lichtenthaler Allee in Baden-Baden, der Warme Damm in Wiesbaden und der Park des Fürsten Sayn-Wittgenstein-Sayn bei Koblenz entstanden aus dieser Zusammenarbeit. Thelemann richtete unter Herzog Adolf von Nassau ab 1844 die Biebricher Gewächshäuser ein. Die Bauten und besonders ihre wertvollen Pflanzenbestände erregten über Deutschland hinaus Bewunderung. Nach der Annexion Nassaus 1866 sollten die Häuser und die Pflanzensammlung den Frankfurter Palmengarten begründen.

Zunächst aber gelang Siesmayer 1857 mit dem ersten Preis beim Wettbewerb für den Bad Nauheimer Kurpark und mit der Ausführung seines Entwurfs ein wichtiger Erfolg. Der Kurpark verschaffte Siesmayer Ansehen auch über Hessen-Kassel und Nassau hinaus.

Die Firma hatte nun einen großen Mitarbeiterstamm und besaß in Bockenheim zahlreiche Grundstücke mit Baumschulen. Siesmayer fand jetzt auch in der freien Reichsstadt Frankfurt Anerkennung. Als nach der Annexion Nassaus die Biebricher

Gewächshäuser zum Verkauf standen, war es Siesmayer, der Vertraute Thelemanns, der mit den Verhandlungen beauftragt wurde. Ein Komitee engagierter Frankfurter Bürger half bei der Umsetzung der Idee eines „Palmengartens". Schon der erste Anlageteil mit dem eindrucksvollen Gesellschaftshaus, das mit dem Palmenhaus verbunden war, davor das prächtige Siesmayersche Blumenparterre, begeisterte bei seiner Einweihung 1871 das Publikum. Wenige Jahre später entstand die erste Erweiterung mit dem großen Weiher, an dessen Ufer kühne Felsanlagen und ein Aussichtshügel spektakuläre Ansichten boten. Bis heute gilt der Palmengarten als Siesmayers wichtigste Anlage. Die Gartenzeitschriften des 19. Jahrhunderts berichteten häufig über den Park, zum Beispiel über die Bepflanzung des Blumenparterres.

Durch den Erfolg des Palmengartens stieg Siesmayers Bekanntheitsgrad weiter und die Firma Gebrüder Siesmayer erhielt zahlreiche Aufträge in Südwest-Deutschland und den angrenzenden Ländern. Die Pflanzen wurden mit der Eisenbahn an die Auftragsorte transportiert und ein Teil des Personals von inzwischen nahezu 400 Mitarbeitern führte die Anlagen mit Hilfe von Tagelöhnern aus. Etwa 150 Obergärtner, Gärtner und Gartenarbeiter waren außerdem mit der Unterhaltung von Gartenanlagen beschäftigt, einem wichtigen Geschäftszweig der Firma. So wurden beispielsweise die Kurparks von Bad Nauheim, Wiesbaden und Bad Homburg jahrzehntelang von den Gebr. Siesmayer gepflegt.

Geheiratet hatte Siesmayer erst 1855, als seine wirtschaftliche Situation gefestigt war. Seine Frau Elisabeth war 20 Jahre jünger als er und bei der Heirat erst 17 Jahre alt. Wie Siesmayer schreibt, führten sie und ihre Mutter den großen Haushalt, zu dem wohl auch eine kleinbäuerliche Tierhaltung gehörte. Elisabeth Siesmayer brachte zwölf Kinder auf die Welt, von denen drei früh starben. Sie konnte das Ergebnis der unermüdlichen Arbeit für die Firma Gebrüder Siesmayer nicht mehr genießen, denn sie starb schon 1872 mit 35 Jahren.

Seinen drei Söhnen konnte Siesmayer eine gute gärtnerische Ausbildung bieten. Allerdings waren sie nicht frei in ihrer Wahl, denn der Vater hatte ihnen jeweils ein Spezialgebiet vorgegeben und sie darüber hinaus dazu vorgesehen, die Firma gemeinschaftlich weiterzuführen. Philipp Siesmayer (1862–1935) trat als Landschaftsarchitekt in die Fußstapfen seines Vaters. Seit Mitte der 1880er Jahre war er in der Firma Gebr. Siesmayer tätig und führte diese nahtlos weiter als der Vater um 1890 so schwer erkrankte, daß er nicht mehr aktiv in das Geschäft eingreifen konnte. Noch vor seinem Bruder starb 1898 Nicolaus Siesmayer, der unverheiratet geblieben war. Heinrich Siesmayer starb nach mehreren Jahren Bettlägerigkeit am 22. Dezember 1900.

Nur zwei seiner Söhne waren dem vom Vater vorgezeichneten Weg gefolgt, Philipp als Landschaftsarchitekt und der jüngste Sohn Ferdinand (1868–1944) als kaufmännischer Leiter der Firma Gebrüder Siesmayer. Josef Siesmayer (1866–1940), von dem etliche Zeitschriftenartikel über Pflanzenzucht und Gehölzraritäten bekannt sind, trat schon 1902 aus der Firma aus. Zunächst konnte die Gartenbaufirma erweitert und modernisiert werden. Das Grundstück in dem nun eingemeindeten Bockenheim wurde an die Stadt Frankfurt verkauft. Heute befinden sich dort eine Schule und Wohngebäude. Dafür erwarben die Siesmayers in Eschersheim, einem damaligen Vorort Frankfurts, eine größere Fläche für die Anzuchtgärtnerei. Hier wurden Blumen für die jährlich neu zu bepflanzenden Teppichbeete gezogen. Philipp Siesmayer schuf nicht nur hunderte von Anlagen in Deutschland, sondern auch in Rußland, Rumänien oder in Belgien, wo er nahe Schloß Laeken in Brüssel den Japanischen Garten anlegte.

Erste Probleme für die Firma zeigten sich, als immer mehr Städte und Kureinrichtungen die Grünflächenpflege in die eigene Hand nahmen und so der Pflegebetrieb mit seinen regelmäßigen Einnahmen zurückging. Dann kam der Erste Weltkrieg, durch den das Personal abgezogen wurde und Aufträge fast vollständig ausfielen. Die große Baumschule in Bad Vilbel konnte nicht mehr gepflegt werden. Zu spät hatten die

Siesmayers, wie viele andere Deutsche, die Dauer des Krieges realisiert. Schließlich mußten mit großem finanziellen Aufwand die unbrauchbaren Bäume gerodet und neue Kulturen angelegt werden. Die Wirtschaftskrise konnten die Gebrüder Siesmayer kaum bewältigen. In der Inflationszeit wurde das Vermögen aufgezehrt. Auch das letzte Mittel, der Verkauf der Kulturflächen in Bad Vilbel und Eschersheim, scheiterte. 1931 mußten alle Arbeiter entlassen werden und zwei Jahre später kam das Ende für die Firma Gebrüder Siesmayer.

Nach seinem 70. Geburtstag hatte Heinrich Siesmayer seine Lebenserinnerungen, „ohne alle Notizen", niedergeschrieben. Das schmale Bändchen war für die Familie und den engeren Kreis gedacht und wurde nur in wenigen Exemplaren gedruckt. Zeit seines Lebens hat Siesmayer wohl höchstens eine Handvoll Zeitschriftenartikel verfasst, obwohl er einige Jahre lang Redakteur des „Jahrbuchs für Gartenkunde und Botanik" war, einem Vorläufer der „Gartenkunst". Siesmayer konnte kaum ahnen, daß 30 Jahre nach seinem Tod die einstmals blühende Firma in Konkurs gehen sollte, daß sein Lebensprojekt, die Baumschule „Elisabethenhain" und auch das Firmenarchiv untergehen würden. So bilden seine Lebenserinnerungen heute eine der wichtigsten Quellen zu seinem Werk.

Die Lebenserinnerungen erzählen die Geschichte seines Aufstiegs vom einfachen Gärtnerjungen zum geachteten Gartenkünstler. Aus der Vielzahl seiner Anlagen greift Heinrich Siesmayer einige heraus, über deren Entstehung er etwas mehr berichtet. Häufig hört man den Gartentechniker und Gartenbauunternehmer heraus. Es spricht weniger der Gartenkünstler, der, wie Zeitgenossen berichten, einem Gelände sofort ansah, welche gestalterischen Möglichkeiten es bot. Auch erfährt man kaum etwas über seine Vorbilder. Was dachte Siesmayer über Sckell oder Lenné? Stolz berichtet er über den Besuch Fürst Pücklers, aber wie stand er zu Pücklers gartenkünstlerischem Schaffen?

Außer seinem Bruder Nicolaus, seinen drei Söhnen und seinem Schwager Schariry werden keine anderen gärtnerisch tätigen Mitglieder der Familie genannt. Insbesondere erstaunt es, daß sein Bruder Karl Friedrich mit keinem Wort erwähnt wird. Immerhin war dieser schon in Belgien als „Chef de Cultures" der bekannten Gärtnerei van Houtte zu einigem Ansehen gelangt, bevor er in die Dienste der Großfürstin Helena Paulowna in St. Petersburg trat. Seit etwa 1866 war er Hofgärtner der russischen Zaren. Sein Ruf als Kultivateur von Kübelpflanzen, insbesondere von Palmen, reichte weit über Russland hinaus. Für seine Verdienste wurde er in den Adelsstand erhoben.

So wichtig und streckenweise auch unterhaltsam die Lebenserinnerungen Heinrich Siesmayers sind, so bedeutungsvoll sind auch die Auslassungen oder das, was zwischen den Zeilen zu lesen ist.

# Lebenserinnerungen

von Heinrich Siesmayer, Königl. Preuß. Gartenbau-Direktor und Großh. Hess. Hof-Garten-Ingenieur

Bockenheim, 1892*

Nur vorwärts, nicht verzagt,
Nicht viel nach rechts und links gefragt,
Mit Gott gewagt.

H. Siesmayer

*Die Rechtschreibung wurde nicht korrigiert, sondern im Original belassen, Ausnahmen: offensichtlich fehlende Buchstaben wurden eingefügt, die Überschriften wurden leicht angepasst. Die Infotexte zu den Parks stammen nicht von Heinrich Siesmayer, sondern von den Autoren mit freundlicher Unterstützung der jeweiligen Parks.

# Aus meinem Leben

Den 26. April 1817 erblickte ich, als zweitältester Sohn des Kunstgärtners Jakob Philipp Siesmayer aus Nieder-Selters, „auf dem Sande" bei Mainz das Licht der Welt und erhielt in der heiligen Taufe den Namen *Franz Heinrich Siesmayer*. Mein Vater war dazumal als Kunstgärtner bei General Receur, dem Verwalter des Besitztums des Grafen Walderdorff, angestellt. Bei dem öfteren Wohnungswechsel meines Vaters, der erst nach Mosbach-Wiesbaden, dann, in Diensten des Grafen Montabeau, nach Offenbach zog, besuchte ich in genannten Orten die Volksschule bis zu meinem 13. Jahre. Nach Fertigstellung der Gärten in Offenbach siedelte mein Vater auf längere Zeit nach Groß-Karben, am Selzerbrunnen, über und erhielt daselbst für Böhm & Marchand die Verwaltung der Gärtnerei, wobei er die dortige Park-Anlage ausführte. Ich selbst blieb noch ungefähr zwei Jahre in letzterem Orte und nahm Privatunterricht in Ermangelung einer besseren Schule bis zu meinem Abgang in die Lehre. Hier, in Groß-Karben, war es auch, wo ich an der Hand meines verehrten Vaters zuerst in die Gärtnerei eingeführt wurde, und unter den damaligen Eindrücken erwachte in mir der Sinn, die Lust und Liebe zu meinem späteren gärtnerischen Berufe. Meine Vorfahren väterlicherseits sind schon seit 160 Jahren mehr oder weniger Künstler, und zwar Gärtner, Maler oder Musiker gewesen, die sich zum Teil in Wien und München aufhielten, lauter Siesmayer, worüber ich Dokumente besitze. Einer derselben, ein Großonkel von mir, als Hofkapellmeister in Wien in Thätigkeit, war sogar ein Schüler und Vertrauter des berühmten Mozart und so begabt, daß er das letzte, von dem großen Meister angefangene Requiem fertig componirte. Es steckte also in der Familie die Liebe zur Kunst, namentlich zur Gärtnerei. Möge es auch bei den nachfolgenden Generationen so bleiben!

So lag denn auch in mir schon unbewußt der Drang zum gärtnerischen Schaffen, ja, als zwölfjähriger Knabe, veredelte und pfropfte ich bereits, in meinem Eifer manchmal sogar gegen den Willen meines Vaters, fünf bis 6 Sorten auf einen Baum, wovon die Exemplare heute noch in der Selzerbrunnen-Allee existiren. Ebenso wurde ich dort bei der Unterhaltung der Neu-Anlage beschäftigt, machte mich überhaupt nützlich, wo sich eine Gelegenheit bot. Ich besorgte Commissionen für meinen Vater, trug Geld, Gemüse, Obst u. s. w. nach Offenbach zu Böhm & Marchand, half sogar bei der Füllung des Wassers aus dem Selzerbrunnen, packte die Krüge auf die verschiedenen Wagen und bekam dafür manche Vergütung, die mein Vater bei seiner geringen Gage und zahlreichen Familie sehr nötig brauchen konnte.

Am 1. April 1832 trat ich dann in das renommierte Geschäft von Sebastian & Jakob Rinz (Vater und Sohn) ein, und zwar ganz mittellos.

Meine gute, verehrte Mutter — geboren 1797 zu Bliescastel bei Saarbrücken, als Tochter des dortigen Rentamtmanns Bletz, gestorben den 13. März 1830 — war vermöge ihrer besseren Bildung für unsere Erziehung und damit für unsere ganze Zukunft von großem Einfluß. Sie gab mir damals, bei meinem Eintritt in die Lehre, außer der nötigen, geringen Ausstattung ein kleines Geldbeutelchen (Struppe) aus Zwilch mit sechs Kreuzern als Sparpfennig mit, dabei mir einschärfend, jeden Heller zusammenzuhalten, um das kleine Sümmchen zu vermehren. Dies Mutterwort habe ich denn auch bis zur heutigen Stunde treu bewahrt und befolgt. Der Anzug, den ich mir aus meinem ersten Verdienst als Lehrling anschaffte, bestand aus einer gestrickten Jacke (Kamisol) für 1 fl. 45 Kr., geringen Drill-Hosen für 48 Kr., Hosenträger für 12 Kr., rindsledernen Schuhen mit vier Reihen Nägel für 2 fl. Die Hemden stammten noch aus dem Elternhause; eine Kappe, damals die gewöhnliche Kopfbedeckung, trug ich überhaupt nicht.

In der ersten Zeit wurde ich, wie es unter damaligen Verhältnissen bei Gärtnerlehrlingen geschah, zu den allergewöhnlichsten Arbeiten verwendet, die ich aber trotz der Strenge meiner Lehrherrn anderthalb Jahre lang zu deren Zufriedenheit bewältigte. Es kam mir dabei mein angeborener glücklicher Humor sehr zu statten, der sich zuweilen in der drolligsten Weise äußerte.

Die weitere Lehrzeit, d.h. anderthalb Jahre, wurde mir erlassen. Ich bekam nun eine Bezahlung von 48 Kreuzern per Woche bei freier Station, und machte mir dieser kleine Verdienst so große Freude, daß ich mich reicher dünkte als ein König. Trotzdem hätte ich mich beinahe verleiten lassen nach Amerika auszuwandern. Von jeher bin ich rasch entschlossener Natur und habe meist das, was mir günstig schien, ohne langes Zaudern beim Schopfe gefaßt. So war es immer einer meiner Lieblingsgedanken, selbständig zu werden. Ein Freund, der Gehilfe in dem Rinz'schen Geschäft war, Namens Mevius, schlug mir vor, mit ihm auszuwandern und in Amerika ein Compagniegeschäft zu gründen, was mir auch einleuchtete. Als Betriebskapital wurde die Summe von 16 000 fl. festgestellt, und es war alles schon fix und fertig. Der Vater meines Freundes, der eigens von Erfurt gekommen war, um das ganze Arrangement zu prüfen, war mit allem einverstanden, zumal ich, als Geschäftsmann, ihm sehr geeignet schien, ein wirksames Gegengewicht zu seinem Sohne zu sein, der etwas schwerfällig und weniger disponent war. Die Sache scheiterte aber, als ich die 8000 fl. in bar forderte, da ich mich sonst der Gefahr hingab, in Amerika ohne Mittel verabschiedet zu werden. Dem wollte ich mich doch nicht aussetzen, und so verblieb ich bei Rinz, zu meinem späteren Glücke.

Der mir von jetzt an zugewiesenen Baumschulen-Branche gab ich mich mit besonderem Eifer und großer Vorliebe hin, und in deren Dienst faßte Vieles Wurzel, wurde

Manches zur Entwicklung gebracht, was mir im späteren Leben gedeihlichen Nutzen bringen sollte. Vor allem verdanke ich viel meinem eigentlichen Lehrmeister Sebastian Rinz, Stadtgärtner von Frankfurt und Schüler des bekannten Guiollett. Er gab mir mit Strenge die nötigen Anweisungen im Baumschulen- und Landschaftsfache, da er speziell für diese Branche, die ihm gleichsam angeboren schien, maßgebend war. Von seinem Talente legen hunderte seiner Ausführungen in hiesiger Gegend und auswärts beredtes Zeugnis ab.

Der jüngere Lehrherr, Jacob Rinz, dagegen war mehr Spezialist für exotische Gewächse und ein bedeutender, wissenschaftlich gebildeter Pflanzenkenner. Er beschäftigte sich lediglich mit der Anzucht von Pflanzen und Kulturen und leitete im allgemeinen die Correspondenz und den nicht unbedeutenden Handel ins Ausland, dessen Kenntnis ich mir auch zu eigen zu machen suchte, wobei ich Vieles von der Geschäftsroutine meines jungen Lehrherrn gewann. In diesem Geschäfte blieb ich noch, als Gehilfe, 6 volle Jahre, im Ganzen also 8 Jahre, besuchte nebenbei die Gewerbe- und Sonntagsschule und nahm Unterricht im Planzeichnen und der Feldmeßkunst. Als ich mir die vorläufig nötigen, technischen Kenntnisse darin erworben, wurde ich von Rinz ab und zu als Zeichner für die von ihm entworfenen Pläne, zum Teil größere Parkanlagen, verwendet, auch betraute er mich schon hie und da mit technischen Ausführungen, wie z. B. mit den Kuranlagen in Wiesbaden, 1836, bei deren Wasserbauten und Terrainarbeiten ich schon damals ein bedeutendes Personal leitete unter der Direktion meines Lehrherrn. Dies war die erste Gelegenheit, mich praktisch auf diesem Gebiete zu üben.

Eine weitere Ausführung dieser Art war die herzogliche Aue bei Biebrich. Hier bot sich mir auch Gelegenheit, unter der Leitung des Hofmarschalls Graf von Bose im herzoglichen Schlosse als Dekorateur mitzuwirken bei der Vermählung der Prinzessin Therese von Nassau mit dem Prinzen Peter von Oldenburg. Bei dieser großartigen Ausschmückung wurden eine Menge Arbeiter und Gärtner beschäftigt. Die Lieferungen von Pflanzen, namentlich tausender von abgeschnittenen Camelien und anderer Blumenarten, brachten meinen Prinzipalen nicht weniger denn 20 000 Gulden ein.

Ebenso war ich mit kleineren Gärten aus der Rinz'schen Kundschaft in Frankfurt, bei Rat Beil, Günthersburg – Deport – Dufay – de Neufville und anderen, und zwar in den Jahren 1836–1840, beschäftigt.

Außerdem war mir von 1834 an die Oberleitung der ausgedehnten Baumschulen vollständig übertragen, wobei ich unter anderem die Anzucht, Veredelung und den Verkauf zu leiten hatte. Auf größeren und kleineren Touren, die ich nach Stuttgart, Schwetzingen, Heilbronn, Metz u. s. w. unternehmen mußte, konnte ich auch auf dem Gebiete des Handels meine Kenntnisse bereichern, und ich hatte so bei meinem Abgange 1840 die Genugthuung mir die volle Zufriedenheit meiner Lehrherrn erworben zu haben in dem Grade, daß mein Austritt viel Unruhe im Geschäft verursachte und von meinem älteren und jüngeren Lehrherrn tief beklagt wurde.

Beim Abschied reichte mir mein alter Prinzipal, Herr Rinz, tiefbewegt die Hand und sagte: „Du warst gleich einem Sohne in meinem Hause geehrt und geachtet; was Du anderweitig suchst, das hast Du hier gehabt; auch weißt Du, daß Du ohne Mittel bist und willst uns dennoch verlassen!" Diese Worte gingen mir durch Mark und Bein, ich blieb jedoch fest und erwiderte, dem auf einem Sessel Sitzenden gegenüberstehend: „Herr Rinz, ich habe soviel Gutes und Tüchtiges bei Ihnen gelernt; wenn mir Gott die beiden Arme gesund und stark läßt (dieselben erhebend), dann brauche ich keine Bange zu haben!" Die alte Frau Rinz saß in der Ecke und weinte über diesen Vorgang.

Damit war ich entlassen.

Als 23jähriger junger Mann nahm ich nun, nach vollendeter Studienzeit, vorläufig Aufenthalt bei meinem Vater, der hier in Bockenheim bei einer Gräfin Dullon als Kunstgärtner angestellt war. Ich miethete mir einen kleinen Garten mit Gewächshaus bei Ph. Bilger und legte gewissermaßen damit den Grundstein zu dem heutigen Geschäfte. Dies geschah am 1. Mai 1840.

## Schmuckplatz Bad Homburg

**Auf den Spuren Lenné's**

*Abbildung 2*   Schmuckplatz Entwurf 1

Der Schmuckplatz an der heutigen Kaiser-Friedrich-Promenade war bereits von Peter Joseph Lenné in seinem ersten Gesamtentwurf für den Kurpark 1854 vorgesehen. Schon in diesem Entwurf hatte Lenné ihm die charakteristische Form gegeben, die heute noch vorhanden ist: ein quadratischer zentraler Platz mit seitlichen hippodromförmigen Flächen. Zunächst nur in Ansätzen ausgeführt, wurde die spätere Ausstattung der Firma Gebr. Siesmayer übertragen.

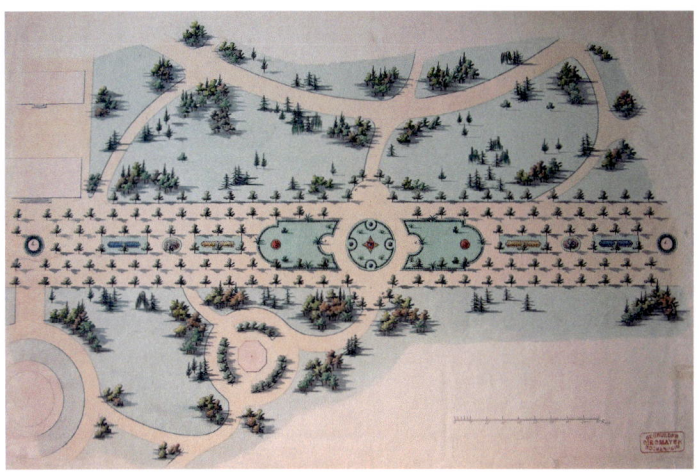

*Abbildung 3*   Schmuckplatz Entwurf 2

Seit Ende der 1870er Jahre bis zur Umsetzung 1892 legten die Siesmayers drei Entwürfe vor, die in ihrer Darstellungsweise mit zu den schönsten zählen, die heute von der Gartenbaufirma bekannt sind. Die Grundform Lennés wurde beibehalten und in dezenter Weise mit Blumenschmuck versehen. Die üppige Ausstattung der Siesmayerschen Blumenparterres finden wir hier nicht, vermutlich weil der Schmuckplatz nach dem Tod Kaiser Friedrichs III. 1888 zum Aufstellungsort eines Denkmals gewählt wurde. Blumenrabatten und kleine Rundbeete auf Rasen sind mit wenigen exotischen Pflanzen akzentuiert.

Von diesem Tage an arbeitete ich selbständig und fand, zumeist auswärts beschäftigt, vielfach Gelegenheit auf meinen Geschäftsreisen, die ich im Laufe der Jahre durch Deutschland, England, Frankreich, Holland, Schweiz u. s. w. machte, meine Kenntnisse immer mehr zu bereichern. Ich besuchte prinzipiell nur die hervorragendsten Plätze und deren Gärtnereien, indem ich fortwährend darauf bedacht war, Schule zu machen. Namentlich in den Weltstädten London, Paris, Amsterdam, Rotterdam, Gent, Antwerpen,

Brüssel, Berlin und Wien erweiterte ich meine gärtnerischen Ideen ungemein. Die Zahl der von mir besichtigten Etablissements ist so groß, daß ich sie hier nicht alle aufzählen kann. Diese Reisen wurden natürlich in einfachster Weise gemacht, ohne alle Bequemlichkeit, wie es jetzt Sitte ist. Wie häufig bin ich auf ganz gewöhnlichen Marktschiffen in der untersten Kajüte gefahren von Frankfurt nach Mainz und Cöln und wieder zurück. Auf den weitesten Strecken benutzte ich primitive Post- und Leiterwagen, sowohl im Sommer wie im Winter, und trug bei Wind und Wetter nur einen Rock, zum zweiten fehlte mir die Münze. Mehr als dreißig Jahre benutzte ich nur die III. Klasse, um die Reisespesen zu verdienen, dabei aber immer ganz wohlgemut einer besseren Zukunft vertrauend. Auf den Wanderungen nach der Stadt, früh Morgens um 5 Uhr, wenn ich die ersten Bahnzüge erreichen wollte, machte ich mir in dunkler Jahreszeit praktisch eine höchst originelle Beleuchtung zu Nutzen, die ich der Eigentümlichkeit halber erwähnen will. Um diese Zeit gingen nämlich aus den benachbarten Ortschaften eine ganze Karawane Wasch- und Putzweiber die Chaussee nach Frankfurt, um dort ihr Brod zu verdienen. Damals waren die Wege noch sehr schlecht, die Beleuchtung fehlte ganz, und deshalb hatte jede dieser braven Frauen ihr Laternchen bei sich, das auch mir, der ich getreulich hinterhertrabte, als Leuchte und Wegweiser diente.

Doch nun wieder zum Geschäftlichen zurück. Bei meiner selbständigen Etablierung hier in Bockenheim stellten sich mir gleich zu Anfang sehr fatale Hindernisse entgegen. Der damalige Kurfürst von Hessen hatte eine Cabinetsordre an die Bockenheimer Polizei erlassen, wonach ein Jeder, der sich bezüglich seiner Mittel nicht genügend ausweisen konnte, die Stadt binnen kurzer Frist zu verlassen habe. Ich fiel leider auch unter diese Kategorie der Abenteurer. Ein Polizeibeamter kündigte mir den Ausweis an, was mich natürlich sehr beunruhigte. Ich faßte mich jedoch kurz und ging zu dem eigentlichen Chef der Polizei, Namens Bücking, dem ich meine Lage vorstellte und der mich per Renommée kannte. Er beruhigte mich denn auch in der höflichsten Weise und sagte zum Schlusse: „Sie bleiben hier!" Um mich nun trotz der mir zugesagten Hilfe zu vertreiben, griff man meinen Vater an mit dem Bemerken, seine Atteste seien nicht richtig, er heiße Liesmayer statt Siesmayer, und sei mit meiner Mutter weder amtlich noch kirchlich getraut. Das waren die damaligen kurhessischen Zustände!

Trotzdem setzte ich es durch, daß ich bleiben durfte. Zuerst beschäftigte ich mich mit der Anzucht kleinerer Pflanzen, fertigte Blumentische (Jardinieren) in Naturholz und Baumrinde, Namenszüge von getrockneten Blumen, umgeben von Kränzen, auch plastisch formierte Blumenkörbchen aus Wachs, dekoriert mit getrockneten Blumen, und zwar auf Papier und in Rahmen gezogen. Ferner componierte ich verschiedene Tableaux, d. h. plastisch formierte Landschaften, teils nach Vorlagen von Schweizer- und altbayrischen Landschaften, auch russische Blockhäuser u. s. w., alles zusammengesetzt aus Baumrinde, Moos, Sand, kurz wie es in der Natur vorkommt. Dieselben fanden allgemeinen Beifall, so daß ich sie hie und da in Bildergallerieen und bei Ausstellungen zur Ansicht gab. Sie brachten mir vielfach Anerkennung in Metz, Cassel, Frankfurt, Mainz, u. s. w. In der Patent- und Musterschutz-Ausstellung zu Frankfurt 1881 hatte ich noch ein solches Bild aus meiner Jugendzeit von 1840 ausgestellt, das ich zu diesem Zweck zurückkaufte. Obengenannte Arbeiten in Moos und die Blumentische fanden hier guten Absatz; auch erhielt ich einige Aufträge aus St. Petersburg. Die kleinen Tableaux wurden mit 20–50 Gulden, die größeren mit 250–300 Gulden bezahlt. Bei meinem Mangel an Mitteln war mir das Erträgnis dieser Arbeiten, eine meiner ersten Erwerbsquellen, sehr willkommen. Ich fertigte dieselben meist bei Nacht und in früher Morgenstunde, da die Tageszeit im Garten verwendet werden mußte. Im ersten Jahre eigenen Schaffens wurde mir schon eine Gartenunterhaltung von einem Grafen Schönborn-Wiesenheid übertragen, die mir einige hundert Gulden einbrachte. Im zweiten Jahre erhielt ich kleine Aufträge in Gartenanlagen, Reparaturen und Unterhaltungen. Auch wurde mir eine Auszeichnung von Kaiser Nicolaus von Rußland zu Teil in Folge einer Sendung Erica's (von Kap Heyden). Diese Auszeichnung bestand in einem Brillantring, in der Mitte sibirischer Saphir, umgeben von 30 Brillanten, à jour gefaßt, den ich aber in Ermangelung von Geldern leider verkauft habe. Aus demselben Grunde war ich zu jener Zeit gezwungen, meine goldene Taschenuhr, ein Geschenk meines jungen Lehrherrn, Franz Rinz, zu versetzen. Ich konnte das Geld zur Einlösung nicht beibringen, und so verblieb dieselbe, wohl oder übel, dem Pfandhause. Diese pekuniären Schwierigkeiten hinderten mich jedoch nicht, wenn auch anfangs langsam, doch sicher, mit Einsetzen meiner ganzen Kraft, zu dem Ziele zu gelangen, das ich mir vorgezeichnet, ermutigt durch die anfänglich kleinen Erfolge. So bekam ich 1841 auf einer Ausstellung in Frankfurt die erste Medaille.

Als mein Bruder Nicolaus 1842 von seinen Studien aus England und Schottland zurückgekehrt war, vereinigten wir uns mit unserem Vater unter der heutigen Firma: Gebrüder Siesmayer und mieteten die hiesige Besitzung Schloßstraße No. 23, die 1846 käuflich unser Eigentum wurde.

Die Besitzerin Langenberg, bei der wir hier mieteten, war eine höchst originelle Frau, in ihren Manieren und ihrem ganzen Wesen wie ein Mann. Es dauerte gar nicht lange, so hatten wir mit ihr einen großen Skandal. Kontraktlich war nämlich ausgemacht worden, daß wir einen Gewächshausbau mit Vorkaufsrecht an die vorhandenen Ökonomiegebäude anlegen dürften (das heutige Comptoir). Die Zimmerleute nehmen es, wie bekannt, mit dem

Maße nicht so genau; in Folge dessen kam der Oberbau etwas zu nahe an die vorhandenen Fenster. Hierüber sehr empört, rannte Frau Langenberg in ihrem Ungestüm auf das Amtsgericht und stellte Klage gegen uns, dahin gehend, wir schädigten sie an ihrem Eigenthumsrecht und entzögen ihr das nötige Licht. Ich wurde persönlich vorgeladen und bestritt nun dort ihre Aussagen als unwahr, worüber sie sich so alterierte, daß sie mich in der scheußlichsten Weise zu verdächtigen suchte und unter anderem äußerte: „Hätte ich doch das Lumpenzeug nicht genommen! Die sitzen bis spät in die Nacht und denken darüber nach, wie sie bei Tage die Leute am besten betrügen!" Von Amtmann Walter befragt, was ich darauf zu erwidern habe, erklärte ich: „Herr Amtmann, es ist eine alte Frau; doch bitte ich mich gütigst anhören zu wollen. Wir sind junge Anfänger und müssen uns bemühen vorwärts zu kommen; deshalb arbeiten wir häufig bei Nacht, machen Blumentische u. s. w." Darauf wurde sie derb zurechtgewiesen, in die Kosten verurtheilt, und damit war die Sache zu unseren Gunsten beendigt.

Mein Vater, Philipp Siesmayer, geboren 1780, gestorben 1866, mit dem wir nun gemeinschaftlich arbeiteten, war ein hochbegabter, hervorragender Kunstgärtner, der sich auf dem Gesammtgebiete der Gärtnerei ausgezeichnete Kenntnisse erworben hatte. Er unterstützte uns bei seinem reichen Wissen und seinen Erfahrungen mit Rat und That in jeder Beziehung, so daß wir beide an ihm einen treuen Führer hatten, der uns rastlos ermutigte, namentlich in den schweren Tagen bei der Gründung des eigenen Geschäftes. Er wirkte in dieser Weise noch als 84jähriger Greis, im Vollbesitze seiner geistigen Kräfte bis zu seinem letzten Atemzuge. Friede seiner Asche! Ich widmete mich von Beginn an den Neu-Anlagen, der Unterhaltung von Gärten, der Übernahme von Terrainarbeiten, dem Wegebau u. s. w., und lieferte hierzu die nötigen Entwürfe und Profile; außerdem zeichnete ich für gärtnerische Autoren eine Menge größerer und kleinerer Parks, Blumenparterres, Grotten, Brücken, Wasserfälle, Squares, Friedhöfe, ohne alle Beihilfe.

Ferner machte ich, als 25jähriger junger Mann, Geschäftstouren in die Wetterau und nach Oberhessen, verkaufte den Landleuten hochstämmige Äpfel-, Birn- und Kirschbäume, die wir von Metz billig bezogen, und die ich vorteilhaft umsetzte. Ich führte die Bäumchen in einem Wagen bei mir und gab sie einzeln oder parthieweise ab, von Dorf zu Dorf, von Stadt zu Stadt gehend und immer munter neben dem Wagen hermarschierend. Nur dann und wann kehrte ich mit dem Fuhrmann ein, um mit ihm ein Viertelchen Kartoffelschnaps und ein Stück Käsebrod zu mahlzeiten. Das Nachtquartier war ebenfalls sehr primitiver Natur und bestand häufig, z. B. in Grünberg, Hungen u. s. w., nur aus einem Strohsack. Auf diesen Touren war ich stets darauf bedacht, den Geschäftskreis zu erweitern, was mir auch gelang, indem ich viele vorteilhafte Geschäftsverbindungen anknüpfte, wobei mir auch die kleinsten sehr willkommen waren.

Ebenso betrieb ich fortwährend den Kleinhandel mit Obstbäumen in nächster Umgebung: Sachsenhausen, Sprendlingen, Offenbach u. s. w. Ich lernte dadurch viele Landwirte, Gemüse- und Obsthändler kennen und trank mit ihnen gemütlich den berühmten „Hohenastheimer". Im Genießen dieses für uns Einheimische so kostbaren Trankes hatte ich mich bald eingeübt, daß ich es an besonders guten Quellen, bei 4–6 Heckenwirten in Sachsenhausen, sieben Schoppen in einem Abend brachte, ein neuer Beweis dafür, daß Uebung bei allem den Meister macht! Auch lernte ich dabei täglich besser mit diesen zwar etwas derben, im Grunde aber gemütlichen Leuten verkehren, so daß ich schließlich ihr Liebling wurde. Wie es Sitte, lud ich nun diese meine Bekannten auch zur Kirchweihe ein, was sie so dankbar anerkannten, daß sie auch noch andere veranlaßten, bei uns zu kaufen. Ich zeigte ihnen bei dieser

Gelegenheit die Auswahl der Bäume und zugleich das noch ziemlich primitive Etablissement, und die Gäste gewannen dabei zu meiner Freude die Überzeugung, daß das junge Geschäft fähig war, sich zu erweitern. Sie kauften unter solchen Umständen gerne, um mir zu helfen. Bei solch einem Kirchweihfeste ging es stets hoch her. Meine gute, unvergeßliche Mutter und meine Schwester Luise sorgten in der besten Weise für die Bewirtung und regalierten meine Gäste gut mit Kaffee und ganzen Bergen von Kuchen, dann mit Hausmacher Leberwurst, Blutwurst, Schinken, Kalbs- und Schweinebraten. Das Getränk bestand aus Bier und Äpfelwein und wurde direkt aus dem Fasse gezapft, das auf einer Bank frei im Hofe stand. Es waren häufig 40–60 Gäste da. Aus unserm Hause beteiligte sich Alt und Jung, und man kann sich nicht denken, wie fidel es dabei herging, namentlich wenn nach den traulichen Klängen einer von der Straße geholten Drehorgel sich die Paare munter im Tanze drehten, woran dann selbst mein alter Vater teilnahm, während die Sachsenhäuser in ihrer bekannten, originellen Ausdrucksweise dem Humor freien Lauf ließen. So wurde ich bald in diesen Volkskreisen der bekannte Siesmayer, was mir für die Ausbreitung des Geschäfts von großem Nutzen war, und darauf war ich immer bedacht gewesen.

Ich führe dies nur als Beispiel an, um zu zeigen, wie schwer das Geschäft aufgebaut wurde, und wie man bei so kleinem Anfang selbst zu solchen Mitteln greifen mußte.

Mein Bruder Nicolaus, der sich im Vermehren und Kultivieren von Pflanzen ganz besondere Kenntnisse erworben hatte und darin Specialist geworden ist, leitete von Anfang an bis zur heutigen Stunde die Baumschule, gründete und erweiterte den Kulturgarten mit seinen verschiedenen Kalt- und Warmhäusern, die Vermehrungshäuser nebst zahlreichen Mistbeetanlagen, sowohl für die verschiedenen Kulturen in den Gewächshäusern, als für's freie Land. Er gab sich mit solchem Eifer der Sache hin, daß die letzteren Kulturen sich wohl heute auf mehrere 100 000 belaufen, die in den diversen Blumengärten und Parterres alljährlich zur Verwendung kommen. Wir beide arbeiteten von Anfang an gemeinschaftlich, jeder in seiner Branche, mit gleicher Hingabe einem Ziele folgend. Unser gemeinschaftliches, einträchtiges Zusammenwirken, welches wir trotz unseres verschiedenartigen Naturells jetzt nahezu 50 Jahre fortsetzten, krönte denn auch mit Gottes Hilfe der heutige Erfolg, der hinreichend zu Tage tritt in den verschiedensten Auszeichnungen aus vielen Städten Deutschlands, bestehend in Dutzenden großer, goldener und silberner Medaillen, sehr wertvollen und interessanten Kunstgegenständen, Ehrendiplomen, Ehrenpreisen u. s. w., worauf ich weiter unten noch zurückkommen werde.

Trotz aller dieser Anstrengungen und Erfolge wurde uns doch wegen unserer Mittellosigkeit die Hebung des Geschäftes so schwer, daß uns der Gedanke kam, statt der Gärtnerei einen wirtschaftlichen Milchgarten, Tabaksbau oder Blutegelzucht, die damals sehr im Gange war, anzulegen; es wurden selbst Bücher angeschafft, um diese beiden letzteren Fächer zu studieren. Ja, ich war sogar entschlossen zum Eisenbahnbau, der zu jener Zeit mit der Main-Weser- und Neckarbahn begann, umzusatteln, da ich die nötigen Vorkenntnisse dazu hatte. Doch fehlte mir die zu leistende Kaution von 10 000 Gulden, und hieran scheiterte die ganze Idee. Unsere Kasse zeigte anfangs nämlich eine solch bedenkliche Leere, daß ich es häufig verwünschte, Gärtner geworden zu sein.

Das Schreckliche dabei waren die Zahltage (Samstag), wenn 6–12 arme Leute auf ihren Tagelohn warteten, dessen Betrag ich mir erst in Frankfurt zusammenborgen mußte, wobei ich in dem bangen Zweifel lebte, ob ich die nötige Summe denn wohl bekommen würde. Oefter wählte ich nicht die Bockenheimer Chaussee auf diesen Gängen nach der Stadt, sondern den untern Feldweg, an Brönners Fabrik vorüber, damit ich besser meinen Gedanken Audienz geben konnte, wen ich zuerste anpumpen sollte. Mein Bruder Nicolaus lief unterdessen bei den Bäckern und Metzgern herum, um Gelder leihweise zu erhalten, was häufig mißlang. Ich hatte jedoch das Glück meist gegen 11 Uhr schon das Nötige zusammen zu haben, und kehrte nun fröhlich und wohlgemut die Bockenheimer Landstraße zurück. Hier sei ganz besonders erwähnt, daß meine Freunde in Frankfurt mich nie im Stiche ließen und mir immer hilfreich zur Seite standen, trotzdem ich ärmer war als Job. Ehre diesen braven Frankfurtern, denen ich so viel zu danken habe! Heute, als 72jähriger Mann, denke ich noch oft mit dem Gefühl des Dankes für meine Wohlthäter an diese sorgenschwere Zeit meines Lebens zurück.

Im Jahre 1843 wurde mir die Stelle eines Garten-Inspektors auf dem kaiserlichen Schlosse Oranienbaum in Petersburg, bei Großfürstin Helene von Rußland, durch den Bundestagsgesandten von Gubril offeriert mit der nicht unbedeutenden Gage von 4000 Rubel nebst freier Station, Equipage u. s. w. Das Reisegeld, 350 Rubel in Silber, hatte ich schon in der Tasche, als ich Reue bekam, da ich in abschreckender Weise den russischen Despotismus schildern hörte. Dem wollte ich mich bei meiner freien Denkungsart doch nicht unterwerfen. Um mich in anständiger Weise aus der Affaire zu ziehen, empfahl ich einen Bekannten, Namens Meinike, ein Hanauer Kind, der auch angenommen wurde, aber in Rußland nicht prosperierte. Heute freue ich mich unendlich (ich kann es nicht genug hervorheben), daß ich auch diesem Rufe nicht gefolgt und, wenn auch mit schweren Kämpfen, selbständig geblieben bin.

Ich will nun jetzt speziell von meiner Lieblingsbranche, der Landschaftsgärtnerei, reden und will versuchen, von Beginn 1840 bis heute meine besonderen Erlebnisse auch auf diesem Gebiete im eigenen Geschäft, aus guten wie aus schlechten Tagen, an der Hand meines Gedächtnisses für meine zahlreiche Familie niederzuschreiben. Es geschieht dies in meinem 72. Lebensjahre, ohne alle Notizen. Selbstverständlich ist mir vieles Einzelne durch die Länge der Jahre entfallen.

## Bergpark Villa Anna

---

### Mütterhilfe und Drogentherapie im Bergpark

Der vom Frankfurter Bankier und Kaufmann Alfred von Neufville ab 1885 in einem Bergpark errichtete Landhauskomplex umfaßt mehrere Bauten, die Wohn-, Repräsentations- und Erholungszwecken dienten. Das Wohnhaus ist ein weißgestrichener, stark gegliederter Backsteinbau mit Jugendstil-geprägtem Fach- und Balkenwerk überwiegend in der Dachzone und dem Eckturm sowie einer großen Terrasse auf einem Natursteinsockel.

Oberhalb der Villa Anna, die nach der Frau des Bauherrn Anna geb. Mumm von Schwarzenstein benannt ist, liegt der Neufvilleturm. Eine künstliche Kleinburg mit Bergfried, Saalbau und einer 1950 abgebrochenen Brücke, von dessen Plattform aus der Blick weit über die Bergwälder geht.

Bis auf die Meierei verkauften die Erben 1933 das Anwesen an die Evangelische Frauenhilfe Hessen und Nassau, die hier ein Müttererholungsheim führte.

1981 folgte die Therapeutische Einrichtung Eppstein der Jugendberatung und Jugendhilfe e.V. Frankfurt. Den Neufvilleturm erwarb 1933 die Stadt Eppstein als Aussichtsturm. 1998 wurde mit Unterstützung der Denkmalbehörde mit einer vorsichtigen Rekultivierung des in den letzten Jahrzehnten naturbelassenen Geländes begonnen.

Im Jahr 2004 wurde es nach langen Jahren der Abgeschlossenheit wieder der Bevölkerung zugänglich gemacht. Dem Besucher des Parks erschließen sich schöne Ausblicke auf die Altstadt von Eppstein, die Burg und den Kaisertempel. Patienten der Therapeutischen Einrichtung pflegen und erhalten die

*Abbildung 4*   Bergbark Villa Anna

*Abbildung 5*   Bergpark Typische Baumgruppe

ca. 7 ha große Anlage. Der Neufvilleturm steht in den Sommer-
monaten an Wochenenden und Feiertagen für Besucher offen.
Eine kleine Gastronomie wird von den Pächtern des Turms
betrieben.

---

# I. Von 1840–1850

In diesem Zeitabschnitt entwarf ich Pläne für andere Collegen und legte als Techniker verschiedene kleinere und größere Gärten in Frankfurt und auswärts an. Es seien davon folgende erwähnt:

Breul – Sarg – Hauser – von Blittersdorff – John – die Mainlust – Rat Heimpel – Gräfin Reichenbach-Lessonitz, auf Hof Goldstein bei Frankfurt.

Die letztere Arbeit war von bedeutendem Umfange. Ich erhielt dieselbe durch meinen unvergeßlichen Freund, Rat Heimpel, auf dessen Empfehlung hin Professor Bessemer, der ausführende Architekt der Hochbauten, mir die Situationspläne übergab. Meine Entwürfe wurden denn auch von der hohen Dame genehmigt. Dies war das erste vorteilhafte Geschäft, ein Objekt von 60 000 Gulden incl. Erdarbeiten und Lieferungen. Aus diesem Verdienst wurden die vorhergegangenen Verpflichtungen redlich bezahlt, und nun konnten wir etwas freier aufatmen. Mein Vater unterstützte mich bei dem Werke, indem er persönlich die Ausführung der vorkommenden Arbeiten leitete.

Als Zeichen ihrer Zufriedenheit ließ mir die Gräfin durch ihren Sekretär in fein mit rosa Band umwickelten Päckchen 700 Gulden in ganz neuer Prägung (also vom Jahre 1846), als Gratifikation, übergeben. Dann wurden verschiedene Parks in Wiesbaden, Mainz, Mannheim, Offenbach u. s. w. angelegt. Die umfangreichste dieser Anlagen war die bei Fürst Sayn-Wittgenstein-Berleburg zu Sayn, dem Stammschlosse des Fürsten. Jene Ausführungen und bedeutenden Lieferungen wurden mir durch den herzoglich-nassauischen Hof-Garten-Direktor Thelemann übertragen, und war auch hierbei wieder mein Vater, ebenso mein Schwager, Garten-Inspektor Schariry, beschäftigt. Die Gesamtkosten für diese etwa 30 Morgen großen

Park- und Berganlagen nahmen für Lieferung, Terrainarbeiten, Grottenbau, Gitterarbeiten, Wintergarten und sonstige Orangerieen nicht weniger denn 60 000 Thaler in Anspruch; dabei wurde ein Personal von ca. 150 Arbeitern und 20–25 Pferde verwendet. Der Fürst und alle hohen Gäste desselben, unter Ihnen der bekannte Fürst Pückler-Muskau, waren entzückt von dieser Leistung. Letzterer machte mir hier sogar einen Besuch, um mich kennen zu lernen.

Diese beiden bedeutenden Arbeiten erregten im Publikum viel Aufsehen und brachten mich als Landschaftsmann zu größerer Geltung.

# II. Von 1850–1860

nehmen die Aufträge bedeutend zu, wie z. B.: aus Westfalen von Freiherr von Papen in Soest; Graf Droste-Vischering auf Schloß Darfeld bei Münster; Baron Recum und Sanitätsrat Dr. Trautwein in Kreuznach; Baron Löw, Dorheim i.d. Wetterau; Fauerbach in Groß-Karben; Gerold in Sachsenhausen u. s. w. Die Hauptarbeit in diesem Zeitabschnitt waren die **Nauheimer Kur-Park-Anlagen**, von ganz bedeutendem Umfang, ca 330 hessische Morgen groß. Diese Anlage ist eine meiner größten Ausführungen in meiner beinahe fünfzigjährigen selbständigen Thätigkeit.

Der Übertragung derselben vom kurfürstlichen Hofe stellten sich bedeutende Schwierigkeiten in den Weg, da diese Arbeit öffentlich in Konkurrenz ausgeschrieben war, und ich durch Hof-Intriguen ferngehalten werden sollte. Man verweigerte mir die Situationspläne, obschon ich kurhessischer Bürger war. Die Lust zu dieser größeren Ausführung und der Drang zum Schaffen ließen mir keine Ruhe, bis ich endlich auf den glücklichen Gedanken kam, mich durch eine distinguierte Persönlichkeit, den Stadtkommandanten und österreichischen General von Schmerling, an den kurhessischen Bundestagsabgesandten von Trott empfehlen zu lassen. Gestützt auf dessen Fürsprache erhielt ich die Situationspläne sofort, schickte binnen 2 1/2 Tagen die Skizze an Oberbaurat Engelhardt, damit dieselbe gleichzeitig mit den Konkurrenzplänen zur Vorlage komme, und mein Plan, eine Bleistiftzeichnung, erhielt denn auch wegen seiner großartigen, ästhetischen Formen die Genehmigung des Kurfürsten. Die Nauheimer Anlage ist in englischem Style ausgeführt mit bedeutender, großer Terrasse und Restaurationsgebäude nebst Auffahrt, ausgedehnten Fahr- und Fußwegen, Alleen, freien Plätzen, großem Teich von ca. 36 Morgen für Gondelfahrer, warmem Sprudel, Badehäusern, Trinkhalle u. s. w. Die Arbeiten erforderten bis zur Fertigstellung eine Zeit von zwei

Jahren; es waren 150 bis 200 Leute, sowie 10–15 Pferde ununterbrochen dabei in Thätigkeit. Die Uferarbeiten an dem Usabach, die großen Fahrstraßen nach der Stadt und dem Teichhaus, die Brückenübergänge, kleinen Wasseranlagen, Terrainarbeiten an der großen Terrasse und sonstige ausgedehnte Terrainbewegungen nahmen großen Kosten- und Zeitaufwand in Anspruch. Die gärtnerische Ausführung für Grundarbeiten, Chausséen und Lieferungen erforderten 150 000 Mark excl. Erdarbeiten zur Horizontallegung der großen Terrasse und Ausschachtungen an der Trinkhalle.

Diese öffentliche Parkanlage, die zur Zufriedenheit der Kurfürstlichen Regierung vollendet wurde, trug viel zur Verbreitung und Hebung meines Renommées als Gartenarchitekt bei. Als die Übergabe an die Herren Finanzminister von Bechtel, Geheimer Finanzrat von Eschwege und Ober-Baudirektor Engelhardt erfolgte, sprachen dieselben mir ihre volle Anerkennung aus. Herr von Bechtel ehrte mich sogar mit den Worten, die er in Anwesenheit aller hohen Gäste an mich richtete: „Bei Ihnen kommt mit Recht das Wort in Anwendung: Am Werke erkennt man den Meister!" — Die Stadt selbst ernannte mich zum Zeichen ihrer Zufriedenheit zum Ehrenbürger. Als Nauheim später, im Jahre 1866, darmstädtisch wurde, und Se. Königl. Hoheit der Großherzog einmal die Kuranlagen besichtigte, sprach er gleichfalls seine hohe Befriedigung aus und verlieh mir, als Beweis seiner Anerkennung, den Orden Philipps des Großmütigen I. Klasse. Später, gelegentlich einer Rosenausstellung, ernannte er mich in Gegenwart seiner Generäle und Adjutanten zu seinem Hof-Garten-Ingenieur und nach geraumer Zeit, als ich verschiedene Lieferungen nach Darmstadt gemacht hatte, zu seinem Hoflieferanten.

Am Ende der fünfziger Jahre erhielt ich ferner noch eine sehr hübsche und interessante Arbeit in der Schweiz bei einem reichen **Geheimrat Geigy in St. Jakob bei Basel,** und zwar in Folge meiner Nauheimer Anlagen. Genanntem Herrn gefiel meine Pflanzmethode für größere Bäume mit Maschine ungemein und, da er im Begriff war, seinen Landsitz durch eine Parkanlage mit Palmenhäusern, Orangerie, Gemüse- und Obstgärten, Hühnerhöfe, Wasseranlagen u. s. w. zu vergrößern, ließ er bei mir anfragen, ob ich diese Arbeit übernehmen wolle. Mir kam in jener Zeit dieser Auftrag sehr willkommen, da er für das Ausland war, und gerade hierdurch meine Leistungen mehr und mehr Verbreitung fanden. Ich arrangierte nicht allein den Park, sondern auch die Palmenhäuser und Wintergärten, wozu bedeutende Ankäufe von Palmen und sonstigen exotischen Gewächsen nötig waren. Ich reiste zu diesem Zwecke mehrmals nach Gent und Paris. Auf dieser Tour hatte ich Gelegenheit viele gärtnerische Studien zu machen, wie z. B. in Rheims, Lille, Arras, Amiens, Belfort u. s. w. Auch nützte mir viel der Umgang mit diesem Herrn, der mir in der freundschaftlichsten Weise zugethan war, obwohl es sonst bekanntlich den reichen Schweizern nicht eigen ist, mit Deutschen freundschaftlich zu verkehren.

Meine Ausführungen machten ihm viel Freude, zumal eine große Zahl Herrschaften aus der Nachbarschaft, namentlich von Zürich, dieselben bewunderten. In ihm erwarb ich mir einen wohlwollenden Freund und Gönner für die ganze Lebensdauer. Bei dem längeren Aufenthalt auf dessen Gut, St. Jacob, hatte ich öfter Zeit, mir das schöne Land, die Schweiz, zu beschauen, seine prächtigen Bergformationen und Seen kennen zu lernen, auch boten die größeren Städte, die fast alle von mir aufgesucht wurden, genug des Interessanten und Sehenswerten für mein gärtnerisches Auge. Ich hebe nur hervor Zürich mit seinem großen botanischen Garten, seinen Sortimenten von Alpenpflanzen, Farnen u. s. w.; ferner Luzern, Bern, Interlaken und den wunderbaren Rigi. Auch hatte ich damals in Bregenz am Bodensee für einen reichen Juwelier einen

Aussichtsturm in Gitterwerk mit eiserner Lauftreppe aus-
zuführen, weshalb ich mehrmals dorthin reiste. Neben anderen Eindrücken kann ich es nicht vergessen, wie vorzüglich mir dort die leckeren „Backhähndel" mit Salat und der
Ofener Rotwein mundeten. Von hier machte ich Ausflüge
nach Feldkirch, einem Teil von Vorarlberg, nach St. Gallen
und dem schönen Gebhardsberge.

Bald darauf führte mich mein Beruf weit hinauf nach
dem Norden, nach Neu-Pommern, woselbst Graf Otto von
Solms-Rödelheim ein bedeutendes Rittergut besaß, des-
sen Parkanlagen sehr vernachlässigt und überwuchert wa-
ren. Ich sollte dieselben umformen und einen größeren
Teil neu arrangieren. Dieser Herr hatte gelegentlich einer
Badekur in Nauheim meine dortige Anlage gesehen und
solchen Gefallen daran gefunden, daß ich ihm auf seinem
Gute ähnliches schaffen mußte. Auf diese Weise lernte ich
die östlichen Provinzen mit ihren größeren und kleineren
Städten kennen, wie z. B. Stralsund, Lebnitz, Altenhagen,
Greifswald, auch die Insel Rügen mit ihren bedeutenden
Blumengärten und Parkanlagen, letztere dem Fürsten Put-
bus gehörend.

## Kurpark Bad Nauheim

Die Geschichte Bad Nauheims ist eng mit der Salzgewinnung verbunden, die schon in frühgeschichtlicher Zeit erfolgte. Bereits die Kelten kannten das Warmgradierverfahren zur
Salzgewinnung. Die ehemalige Saline bei der heutigen Dan-
keskirche am Kurpark gilt als die größte unbefestigte Ansied-
lung der Spätlatènezeit in Hessen. Auch die Römer nutzten die
Salinen, bis 260 n. Chr. die Alemannen den obergermanischen
Limes überrannten. Ab 400 n. Chr. besiedelten die Franken das
Lahngebiet und die Wetterau.

Während des Mittelalters wurde die Saline kontinuierlich genutzt, allerdings war der schwache Salzgehalt ein Hindernis gegen größeren wirtschaftlichen Erfolg. Erst als im 18. Jahrhundert Pumpwerke und, zur Verdunstung der Sole, Gradierwände aus Schwarzdorn eingesetzt wurden, erlebte Bad Nauheim eine Blüte der Salzgewinnung. In dieser Zeit, nämlich 1737, wurde auch der große Teich durch Anstauung der Usa angelegt und als Speichersee zum Betrieb der Pumpen über Wasserräder verwendet. Es wurden außerdem Windmühlen als Pumpenantriebe errichtet, der Waitz'sche Turm ist ein Überbleibsel dieser Mühlen. Der Turm wurde nach dem von 1730 an eingesetzten Salindendirektor Waitz benannt, der die technischen Fortschritte bei der Salzgewinnung vorangetrieben hatte.

Der Start des Kurbetriebs fällt in das 19. Jahrhundert, 1835 wurde das erste öffentliche Kur- und Badehaus eingeweiht. 1837 ließ sich der erste Badearzt, der Geheime Medizinalrat Dr. Friedrich Bode, in Bad Nauheim nieder. Am 22. Dezember 1846 brach der Große Sprudel aus einem alten, stillgelegten Bohrloch hervor und die Kuranlagen wurden um diesen Sprudel hin erweitert. 1853 erhielt Bad Nauheim eine Spielbank-Konzession, mit der Bedingung an den Konzessionär, Anlagen für den Kurbetrieb bereitzustellen. 1854 wurden Bad Nauheim Stadtrechte verliehen.

Ab 1857/58 wurde durch die Firma Heinrich Siesmayer der Kurpark angelegt. Die ursprünglichen Entwürfe, wie in der Abbildung dargestellt, wurden allerdings nicht so verwirklicht, vielmehr wurden andere Wegeführungen realisiert und auch die beiden Badehäuser neben dem Sprudel wurden so nicht gebaut.

Trotzdem, die ursprüngliche Skizze zeigt die Genialität und die städtebauliche Dimension des Entwurfs von Siesmayer. Der Entwurf ist geprägt durch zwei Sichtachsen, eine vom Bahnhof, über den Sprudel, zum Rondell in der Mitte des Parks und eine zweite, vom Rondell zum Kurhaus. Ferner wurde die Parkallee mit den angrenzenden Vierteln durch anschließende Wege wundervoll integriert. Die „Curve" als Abschluss in

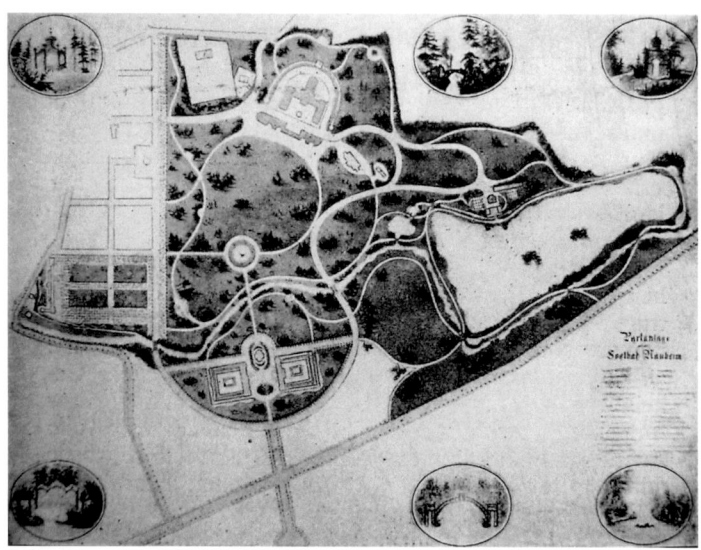

*Abbildung 6*   Bad Nauheim Siesmayer'sche Bleistiftskizze

Richtung Bahnhof und als noch heute gültige Umgrenzung der Kurbauten gibt dem Park ein charakteristisches Formelement.

Aus dem Plan nicht zu erkennen ist die topographische Lage des Kurhauses am Johannisberg. Durch die abfallende Neigung vom Johannisberg zum Bahnhof hat man von den Terrassen des Kurhauses einen Blick auf den gesamten Park, was von Siesmayer natürlich so gewollt war.

Entwurf und Ausführung des Bad Nauheimer Parks stellten für die Firma Siesmayer einen bedeutenden Durchbruch dar. Durch diese Anlage wurde Siesmayer weit über Bad Nauheim hinaus bekannt.

Die zunächst am Ende des 19. Jahrhunderts erstellten Badehäuser wurden Anfang des 20. Jahrhunderts durch die Umgestaltung der Bade- und Kureinrichtungen durch Wilhelm Jost ersetzt. Unter anderem enstand in dieser Zeit zwischen 1905 und 1910 der Sprudelhof, eine der eindrucksvollsten Anlagen mit einer Verbindung von Barock- und Renaissance-Elementen mit denen des Jugendstils aus der Darmstädter Schule. Die Konzeption des Sprudelhofs nimmt ein ursprünglich von Siesmayer geplantes Gestaltungselement wieder auf, nämlich das

*Abbildung 7* Bad Nauheim Kleiner Teich

der Sichtachse vom Bahnhof zum Park, welche vormals durch das alte Badehaus III blockiert gewesen war.

In den 60er und 70er Jahren wurden viele Umgestaltungen und Neubauten vorgenommen, die den Charakter des Parks verändert haben, zu nennen sind Sportanlagen, die Bad Nauheimer Therme, sowie das Parkhotel am Kurhaus. Zwischen 1997 und 1999 wurden die Neuen Kolonaden errichtet.

Im Kurpark finden sich viele botanische Seltenheiten, wie Trompetenbäume, japanische Schnurbäume oder Tulpenbäume. Geschwungene Promenadenwege führen zu zwei Teichen. 2010 steht der Kurpark im Mittelpunkt der Landesgartenschau.

In die fünfziger Jahre fällt auch die unvergeßlich schöne Zeit meiner

## Verheiratung

Fräulein **Elise Klees** (geboren den 21. Oktober 1837) aus Offenbach a. M., meine auserwählte Braut, war ein Mädchen von feiner Bildung und vorzüglichen Eigenschaften und dazumal 17 Jahre alt, während ich 38 Jahre zählte. Obgleich sich alle Welt über den Altersunterschied verwunderte, that dies doch unserem gegenseitigen Verständnisse, unserem Glücke, keinen Abbruch. Sie war mir von unserem Hochzeitstage, dem 18. September 1855, an bis zu ihrem, am 11. Februar 1872 erfolgten Tode die treueste liebevollste Gattin, durch die allein des Hauses Glück begründet wurde, und deren Andenken hier unvergeßlich bleiben wird. Mit seltener Herzensgüte und Opferwilligkeit sorgte sie nicht allein für mich und ihre Familie, auch die Armen und Bedürftigen hatten in ihr eine treue, stets bereite Wohlthäterin, und ich kann hier nur dem tief empfundenen Ausdruck meines Herzens folgen, wenn ich sage: „Sie war das Muster eines Weibes!"

Dem Brauche und meinem Herzenszuge folgend, habe ich mit meiner jungen Frau eine Hochzeitsreise angetreten. Man kann sich leicht denken, wie ich in meinem Glücke schwelgte, an meinem Arm die Anmutsvolle. Wir hatten vor, Paris zum Ziele zu nehmen, damit ich meiner Frau dortselbst die von mir gepriesenen Sehenswürdigkeiten zeigen könne, unterwegs jedoch hörten wir, daß in Paris die Cholera hause, und so änderten wir kurz entschlossen unseren Reiseplan und zogen nach dem Bodensee. Wir fuhren über Darmstadt nach Mannheim, woselbst uns ein Bekannter, Herr Bassermann, in der liebenswürdigsten Weise empfing, uns einige Tage als seine Gäste bei sich behielt und uns die Stadt und ihre Umgebung nach allen Richtungen zeigte. Der Aufenthalt bei ihm war ein Fest für seine Familie und uns, und die junge Frau strahlte förmlich in ihrem Glücke. Dann setzten wir unsere Reise fort nach dem schönen Heidelberg, dort ebenfalls die wunderbare Umgebung, das Schloß, den botanischen Garten und die Anlagen besichtigend. Von da ging es direkt nach Stuttgart zu meinem Jugendfreund Friedrich Neuner, der ebenfalls auf seiner Hochzeitsreise bei mir in Bockenheim war. Er und seine Frau begrüßten uns an der Bahn in der fröhlichsten Weise und geleiteten uns in das Hotel Adler, wo für uns zwei prächtige Zimmer festlich hergerichtet waren. Ich kannte Stuttgart schon von früher her, da ich gelegentlich des Einzugs der Kronprinzessin Olga bei den Ausschmückungen im Schlosse beschäftigt gewesen war. Viele Bekannte von damals sammelten sich um uns und beglückwünschten uns, kurz, es war ein förmlicher Jubel im ganzen Hotel bis zur späten Abendstunde. Früh am anderen Morgen machte ich Besuch beim Grafen Ixquill, der mich aus meiner Jugend sehr genau kannte. Er gehörte nämlich zu den Kavalieren des Herzogs von Nassau und hat mich stets am Nassauer, wie auch namentlich am Württemberger Hof sehr unterstützt. Er war entzückt von meiner jungen Frau, und um ihr eine Freude zu machen, gab er uns als Vergünstigung, Karten zur Besichtigung der Wilhelma, die sonst nur Fürsten und Grafen zugänglich war, ebenso für sämtliche Schlösser und königliche Gärten, die auf diese Empfehlung hin uns bereitwilligst ihre Pforten öffneten, und deren Pracht wir bewunderten.

Kurz darauf bekam ich, hier nebenbei bemerkt, von dem Grafen einen nicht unbedeutenden Auftrag in Gitterarbeiten, eine große maurische Veranda mit Pavillons, für die obere Terrasse in der Wilhelma bestimmt, die heute noch dort vorhanden ist.

Von Stuttgart fuhren wir weiter nach Ulm, dann aber steuerten wir der schönen Schweiz entgegen. Als ersten Aufenthaltsort nahmen wir Friedrichshafen am Bodensee, woselbst wir uns mehrere Tage aufhielten und Ausflüge nach der Umgegend machten. Wir fuhren an den Ufern des herrlichen See's entlang nach Lindau, Bregenz, St. Gallen, Romanshorn, Constanz, Schaffhausen, überall einige Tage verweilend und das Schöne bewundernd. Es würde zu weit führen, alle Einzelheiten hier aufzuzählen, genug, daß wir als die glücklichsten Menschen die Eindrücke voll in uns aufnahmen. Die Rückreise ging durch das Höllenthal im Schwarzwald, Freiburg, Baden-Baden und Karlsruhe, woselbst ich noch Gelegenheit hatte, eine Ausstellung zu besichtigen. Wegen eintretender Ebbe in der Kasse mußte der Rückweg etwas beschleunigt werden. Im ganzen waren wir drei Wochen unterwegs.

So zogen wir denn in das neue Heim fröhlich und voll neuer Schaffenslust ein. Die junge Frau, die kaum das Institut verlassen hatte, mußte sich erst in die hiesigen Verhältnisse eingewöhnen und hatte in der ersten Zeit viel Arbeit, da bei schlichter Häuslichkeit eine kleine Oekonomie zu führen war, was ihr bis dahin ganz fremd gewesen. Doch an der Hand ihrer praktischen Mutter, die bei uns wohnte, ging alles aufs beste von statten.

Wir arbeiteten gemeinschaftlich an der geschäftlichen Correspondenz, häufig bis Nachts 1, 2 Uhr, da damals das Bureau nicht mit solch geübten Kräften besetzt war wie heute, und so gelang es mir durch die Hilfe der treuen Mitarbeiterin Vieles im Geheimen zu ordnen und zu leiten, von dem selbst mein eigener Bruder keine Ahnung hatte. Entgegen dem übelen Renommée, das sonst die Schwiegermütter genießen, kann ich der meinigen nur das größte Lob spenden. Sie arbeitete für unser Hauswesen mit ganzer Hingabe und half so mit an unserem Glücke bauen. Besonders mir war sie sehr zugethan und wird mir unvergeßlich bleiben.

Um nun auf meine gärtnerische Thätigkeit zurückzukommen, so sei bemerkt, daß es jetzt wieder mit frischem Mute an die Arbeit ging, und zwar an verschiedene neu übernommene Gartenanlagen. Unter anderen nenne ich nur die von Karl Joest in Köln a. Rh., Landsitz in Mehlem — für Großherzogin Stefanie in Baden-Baden, für Herzogin Hamilton ebendaselbst — Graf Lüttgen auf dem Fromersberg u. a. m. Auch erhielt ich durch Geheimrat Hendel und Garten-Direktor Thelemann Ausführungen von ziemlich bedeutendem Umfange zugewiesen. Ich mußte nämlich sämtliche Stationen an der Taunus-Bahn, Lahn-Bahn, Siegener Bahn bis Wetzlar, die damals noch im Entstehen waren, mit Bäumen und Sträuchern bepflanzen. Wir brauchten deren sehr bedeutende Quantitäten und machten dabei ein gutes Geschäft.

Ebenfalls durch einen Freund, den Betriebs-Inspektor *Gronau*, erhielt ich später in den sechziger Jahren, dieselben gärtnerischen Arbeiten an der Fulda-Bebraer Bahn bis Eschwege, nur kam hier noch die Einfriedung mit gerissenem Eichenholz hinzu, wodurch dies Geschäft noch bedeutend lukrativer war.

Alle Arbeiten von Hanau bis Bebra inspicierte ich selbst, indem ich mit der Traisine den Distelrasen befuhr, dabei allen Unbilden der Witterung trotzend.

An dieser Stelle will ich nicht versäumen, darauf hinzuweisen, daß ich es auch in dieser Periode vielfach guten Freunden, die ich mir stets zu erwerben bemüht war, zu danken hatte, daß meine Leistungen gebührend anerkannt, und mir neue Aufträge zu Teil wurden. Ich habe solche Freunde überhaupt viel in allen Schichten der Gesellschaft gefunden, und ich erinnere mich heute noch dankbar gar mancher, die an meinem Emporkommen mit arbeiteten, so Rat Heimpel in Frankfurt a. M., ein 50jähriger treuer Freund, der mir stets mit Rat und That zur Seite stand; nicht minder Frdr. Böhler — Frankfurt a. M. — Geheimer Regierungsrat Hendel, Polizeipräsident von Madai — Frankfurt — General von Röder — Wiesbaden — General-Consul von Lade, Geheimer Rat Winter — Darmstadt — Flügeladjudant von Herf u. s. w.    u. s. w.

Auch unter den hervorragendsten gärtnerischen Autoritäten Deutschlands fand ich Gönner, die an meiner Entwicklung den wärmsten Anteil mit Rat und That nahmen. Ich nenne in erster Linie ganz besonders den Kaiserlich-Königlichen Gartendirektor, Herrn Jühlke, in Sanssouci bei

Potsdam, sowie den obengenannten herzogl. nassauischen Gartendirektor Thelemann in Biebrich und den großherzogl. hessischen Hofgartendirektor Geiger in Darmstadt.

In diesen Zeitraum fallen ferner noch verschiedene Ausführungen, von denen ich nur hervorheben will: Brentano und Lehmkuhl in Frankfurt, Baron Breitenbach in Heddernheim, Villa Julienheim in Eltville, Graf Mons in Wiesbaden, Baron Wulff und Prinz Nicolaus von Nassau, ebendaselbst.

# III. Von 1860–1870

wurden Gärten angelegt, teils kleinerer, teils bedeutenderer Art, z. B. bei Oberbürgermeister Mumm von Schwarzenstein, Baron Rafael von Erlanger, Frankfurt – Karl Sonntag, Höchst – Landgut Adolf Meyer, Oberliederbach (englische Parkanlage mit Blumenparterre).

Eine bedeutende Anlage war diejenige des **Stadtparks in Mainz**. Diese Arbeit war in Konkurrenz ausgeschrieben, und ich war unter sieben Konkurrenten der Mindestfordernde. Das zu der Anlage benutzte Terrain liegt an dem sogenannten „harten Berg" nach dem Rhein hin abfallend, da, wo der Ueberlieferung nach der bekannte „Schinnerhannes" sein Wesen trieb.

Es mußte oben über den Bergrücken eine große Fahrstraße geschaffen werden, was mit vielen, nicht unbedeutenden Hindernissen verknüpft war wegen einer Reihe unterirdischer Kanäle, Keller, Reste alter Mauerwerke, welch' letztere mit Pulver gesprengt werden mußten, Fortifikationen u. s. w. Auch hatte ich mancherlei Konkurrenzschikanen zu überwinden; besonders aber machte mir der strenge Winterfrost viel zu schaffen, doch mit Hilfe des zu damaliger Zeit dort garnisonirenden italienischen Regimentes, das mir auf mein Ersuchen eine Anzahl seiner Soldaten zur Verfügung stellte, konnte ich die schwierigen Terrainarbeiten vollenden und meine Verpflichtungen treu erfüllen. Sämtliche Arbeiten wurden auf Tag und Stunde, wie kontraktlich ausgemacht war, zu allgemeiner Zufriedenheit fertig, so daß mir der damalige Präsident Dr. Bitschafft ein ehrendes Zeugnis ausstellte.

Einen neuen Beweis der Zufriedenheit dürfte wohl die Thatsache dokumentiren, daß jetzt nach 25 Jahren, die städtische Behörde die damaligen Anlagen erweitern läßt, und mir die Ausführung in ähnlicher Weise wie früher übertragen ist, wozu mir 60 000 Mark einmütig von wohllöblichem Stadtradt bewilligt wurden.

# Gebrüder Adt in Forbach (1867)

Als Badegäste Nauheims durch die dortigen Kuranlagen aufmerksam gemacht, übertrugen mir die Gebrüder Adt ihre nicht unbedeutenden Gartenanlagen in Forbach, der ersten, damals noch französichen Station auf der Route nach Metz. Die Gebrüder Adt waren Großindustrielle in Papier-Mâché-Arbeiten die nach allen überseeischen Ländern gingen. Sie beschäftigten in Fabriken in Frankreich, Österreich, Deutschland hunderte von Leuten. Die Frau einer der beiden Herren interessierte sich außerordentlich für Blumen und Gärten, wie denn überhaupt bei gebildeten Franzosen die Blumen eine große Rolle spielen. Von den beiden Prinzipalen war der ältere der Bürgermeister von Forbach. Sie lebten auf nobelem Fuße, und so ließen sich denn beide auch Ziergärten anlegen. Wie bekannt, ist die Gegend dort eine rein horizontale Sandsteppe, auf der sich schwer etwas schaffen läßt, da der Sand die Eigentümlichkeit hat, daß ihn der Wind zu gewissen Zeiten bei Stürmen bewegt. Um nun hier ein wellenförmiges Terrain zu schaffen, lies ich den Sand aus der Mitte hie und da 1–2 m tief muldenförmig ausschachten und auf verschiedene Höhen verkarren, um hierdurch mehr Abwechselung in die Bodenfläche zu bringen. Später wurden die Flächen mit schwererem Boden überfahren, so daß der Einfluß des Windes gebrochen war, und zugleich dem Boden bessere Stoffe zugeführt wurden, die sowohl den Pflanzungen wie den Rasenflächen zu gute kamen. Die ganze Anlage war mehr als Ziergarten behandelt in dem bessere Gehölze, wie Rhododendron, Aucuba und sonstige, buschige Ziersträucher, namentlich Flieder (eine Lieblingspflanze der Franzosen) und hochstämmige Bäume, die in dem Sande ihr Fortkommen finden, zur Verwendung kamen, ebenso Schlinggewächse, die den Hügel anstatt Rasen bedecken sollten. Namentlich mußte ich darauf bedacht sein, die

Flächen mehr zu bepflanzen und hierdurch kleinere Rasenstücke zu formieren, die man schneller und leichter bewässern konnte. Der ganze Garten war, wie es die Franzosen lieben, in eliptischer Form angelegt, die Wege, die ihn durchschnitten, zumeist große, ineinandergehende Kreiskurven, die durch die Mannigfaltigkeit der Gruppenanlagen namentlich bei der Dame des Hauses vielen Beifall fanden, da sie vollständig den französischen Typus repräsentierten.

Der Garten des anderen Bruders, ein alter, von einem französischen Garteningenieur angelegter Park, war überwuchert. Ich hatte denselben nur zu korrigieren und durch größere Lichtungen bessere Formen zu schaffen. Die Auftraggeber sind heute, nach 20 Jahren, noch unsere treuen Kunden, die ihre sämtlichen gärtnerischen Bedürfnisse, auch für ihre Verwandten, die Lieferung von Bäumen und Sträuchern, bei uns befriedigen.

Ich habe dieselben als als höchst zuvorkommende, humane Menschen kennen gelernt und, wo gerade jetzt über die Franzosen arg raisonniert wird, wie die herzlos, roh und ungebildet wären, will ich hier zum Beweise des Gegenteils ein kleines Beispiel anführen.

Unser Gärtner Jöckel, der heute noch im Geschäft thätig ist, leitete die dortigen Arbeiten zur Zufriedenheit der Herrschaften, hatte aber das Malheur, krank zu werden. Er sprach kein französisch, und es ging ihm herzlich schlecht. Herr Adt ließ ihn aber sofort nach dem ersten Spital verbringen, ihn erster Klasse verköstigen und leistete ihm alle nur mögliche Beihilfe. Er besuchte und tröstete ihn, zahlte alle Kosten und dabei die Gage weiter, und, als Jöckel wieder genesen, zum ersten Mal in den Garten kam, war alles vergnügt, besonders die Herrin des Hauses. Es ist ein echt französischer Herzenszug, von dem ich aus meinen persönlichen Erlebnissen noch ein Beispiel anführen kann.

Bei meinen Inspektionsreisen für einen deutschen Garteningenieur nach St. Claude hatte ich in Paris gleichfalls das Unglück, auf 8–10 Tage krank zu werden. Ich wohnte damals in dem Hotel Vivienne, in der Straße gleichen Namens. Es war dies ein echt französisches Hotel, in dem kein Wort deutsch gesprochen wurde. Der Wirt und die Wirtin behandelten mich jedoch nicht wie einen Fremden, sondern wie den Sohn des Hauses, und öfter kam Madame herauf und jammerte: „O, mon dieu! Was kann ich thun, daß Sie wieder gesund werden." Diese Worte sind meinem Herzen nicht entschwunden, sie werden mir auch lebenslang in dankbarer Erinnerung bleiben. Ich wiederhole, das ist ein schöner Charakterzug der Franzosen. Die gleiche Erfahrung hat auch in letzter Zeit mein Sohn Joseph während seines Aufenthaltes in Orleans gemacht, welcher trotz der damaligen, künstlich angeregten Verstimmung der Franzosen gegen Deutschland mir in allen seinen Briefen nur von der Liebenswürdigkeit und Aufmerksamkeit seiner Mitarbeiter und ganz besonders seiner Prinzipale berichten konnte. Noch heute rühmt er von England aus die Zuvorkommenheit und das Wohlwollen der Franzosen.

Den Abschluss dieses Jahrzehntes bildete eine meiner interessantesten und bestgelungensten Ausführungen, nämlich die Anlage des

## Palmengarten Frankfurt (1868–1871)

Die politischen Ereignisse des Jahres 1866 und die damit verbundenen Unzuträglichkeiten waren die Veranlassung, daß der Herzog Adolf von Nassau seinen Wohnsitz in Biebrich aufgab und seine umfangreichen Gewächshäuser und weltberühmten Wintergärten mit sämtlichem Inventar für die Summe von 120 000 Gulden zum Verkaufe bot. Da meine Arbeiten und Lieferungen bei Hofe bekannt waren, forderte mich die Gartendirektion auf, den Verkauf der höchst wertvollen Gewächse zu leiten. Dieser Auftrag, durch den das Vertrauen, welches ich bei Hofe genoß, in so hohem

Maße bekundet wurde, ermunterte und freute mich ungemein und weckte sogleich in mir die Idee, diese kostbare Sammlung für Frankfurt zu gewinnen. Sofort wandte ich mich an Herrn Baron Ludwig von Erlanger, dessen Garten ich arrangierte, und der mich deshalb als Gartentechniker genügend kannte, schilderte ihm die Vorzüge, die es haben würde, wenn die Biebricher Gärten nach Frankfurt verlegt würden, und bat ihn dringend um seine Vermittlung. Ich glühte vor Lust und Freude, daß ich nach langen und schweren Kämpfen endlich einmal Gelegenheit haben sollte, mich als Fachmann hier am Platze zeigen zu können, zumal da ein Kurhesse damals in Frankfurt auch nicht das mindeste Vertrauen und Ansehen in der Öffentlichkeit genoß.

Herr von Erlanger setzte sich auf meine Vorstellungen hin mit dem Vorstand des Verschönerungsvereins in Verbindung, namentlich mit Herrn J. B. Pfaff, welch' letzterer noch heute der uneigennützigste und rastlos wirkende Präsident des Palmengartens ist, dem die Stadt Frankfurt als Förderer des Institutes viel zu danken hat. Beide beschlossen ein Komitee zu bilden. Demselben trat auch Herr Leopold Sonnemann bei, welcher mit geübter Feder dem Palmengarten bald Renommée im In- und Auslande zu verschaffen wußte. Nicht minder haben große Verdienste die Herren: Vicepräsident Osterrieth, Justizrat Siebert, Ferdinand Heuer, Bernhard und Achill Andreae, deren unermüdlichem Schaffen und einmütigem Zusammenwirken wir das heutige prächtige Institut zu verdanken haben. Die Sache ging munter vorwärts. Es wurde ein provisorisches Komitee ernannt, bestehend aus 14 Mitgliedern, unter diesen ich selbst, die heute noch fast alle in der Verwaltung sind, und unter deren treuen Fürsorge und opferwilligen Hingabe, ein jeder in seinem Fache, sich der Palmengarten immer mehr entwickelte. Unsere erste Aufgabe war nun unter Assistenz des späteren Inspektors Ferd, Heiß, und meiner Wenigkeit, die Pflanzenvorräthe zu prüfen, und alsbald traten wir in Unterhandlung bezüglich des Preises. Man stellte dem Herzog vor, daß es schwer sein dürfte, 120 000 Gulden zum Ankaufe zu beschaffen, und Hochderselbe entschloß sich später in der zuvorkommendsten Weise, den angesetzten Preis auf 75 000 Gulden zu reduzieren, wozu ihn namentlich der Umstand bewog, daß das Institut nach Frankfurt kommen sollte, für welche Stadt er stets eine besondere Vorliebe gehabt hatte. Jetzt wurde zur Aktienzeichnung geschritten, und hatte man hierbei zunächst nur die Beschaffung der für den Ankauf der Pflanzen erforderlichen Summe im Auge, da das Komitee beschlossen hatte, den Ankauf nur dann zu bewerkstelligen, wenn die nötigen Gelder bis zum Versteigerungstermin, d. h. binnen 8 Wochen flüssig seien. Es hielt jedoch schwer, bei der damaligen gedrückten Stimmung in der hohen Finanzwelt, die gewünschte Beteiligung zu erzielen. Nur die mittleren Geschäftsleute interessierten sich lebhaft, und brachten wir durch diese in kurzer Frist 55 000 Gulden zusammen. Ich war nicht wenig erstaunt über das geringe Resultat. Da ich aber unter allen Umständen die Sache durchsetzen wollte, entschloß ich mich, meine Mitbürger in Bockenheim persönlich für diesen Zweck zu gewinnen. Da ich zu jener Zeit im Stadtrate war, ging ich zuerst zu unserem damaligen Bürgermeister, Herrn Justizrat Becker, der denn auch die erste Aktie mit 250 fl. zeichnete. Hierüber hoch erfreut sprach ich bei den übrigen sieben Stadträthen vor, die ohne Weiteres ebenfalls je eine Aktie übernahmen; alles dieses war binnen zwei Stunden erledigt. Des andern Tages wurde die Wanderung fortgesetzt bei den Ausschußmitgliedern, 24 an der Zahl, die größtenteils dem guten Beispiele folgten. Auch schlossen sich denselben die Ärzte, sonstige wohlhabende Beamte, Geschäftsleute und gute Freunde von hier und auswärts an, so daß ich in der kurzen Zeit von zwei Tagen den Betrag von ca. 20 000 fl. erzielte.

Nun war das nötige Geld zum Ankauf beisammen. Derselbe wurde denn auch binnen kurzer Frist bewerkstelligt und der größte Teil der Pflanzenvorräte einstweilen in den kurfürstlichen großen Orangeriehäusern am Untermainquai in Frankfurt a. M. untergebracht bis zur definitiven Regelung der Platzfrage. Man stritt sich lange darüber hin und her, ob Osten oder Westen, bis denn nach heftigen Debatten das Westend den Vorzug erhielt. In erster Linie war ein in der Nähe der Brönner'schen Fabrik gelegenes Areal des Katharinenstifts zu Frankfurt in Aussicht genommen, wozu ich auch ein Projekt zu entwerfen hatte. Da man aber diesem Platze von Seiten der Eigentümer Schwierigkeiten entgegenbrachte, so war als zweiter Platz ein an der Ginheimer Chaussée gelegenes Terrain in Aussicht genommen, das ebenfalls verschiedener Umstände halber nicht acceptirt werden konnte. Der dritte Platz war denn, als glücklichste Lösung, der Platz, an dem heute der Palmengarten sich befindet. Nun hieß es, aus einer Ebene etwas ganz Neues, Imposantes schaffen, und dies war meine Aufgabe. Im Juli 1868 legte ich den Entwurf des ersten Teiles des heutigen Palmengartens vor, und erhielt derselbe vom provisorischen Komitee vollste Anerkennung. Er wurde öffentlich ausgestellt und auch von dem großen Publikum freudig aufgenommen. Einer Aufforderung gemäß stellte ich alsdann die Kostenberechnung auf, die sich für die 30 Morgen große Fläche für Erdarbeiten, Lieferungen, Wasseranlagen (jetziger Goldfischteich) auf etwa 60 000 fl. bezifferte. Diese Summe wurde später noch durch die großen Terrassenanlagen, welche viel Grundanfuhr erforderten, um 35 000 fl. erhöht. Die Anlage des Restaurationsgebäudes mit Palmenhaus, von Herrn Architekt Kayser entworfen und ausgeführt, und das große Parterre mit seinen prächtigen Terrassen bilden den Kern und ersten Anfang der ganzen Schöpfung. Nach Fertigstellung dieser Partieen wurden die übrigen Terrainarbeiten, Ausgrabungen des Weihers, Erhöhung der Sitzplätze u. s. w. mit allem Eifer in Angriff genommen. Für die Anlage ließ ich größere Bäume (Kastanien, Ahorn u. s. w.) per Maschine aus dem Walde fahren, auch wurden viele bessere Exemplare, wie Taxus und Blutbuchen von Herrn Reisert aus Bockenheim, der bei der Arbeit persönlich Antheil nahm und selbst mit Hand anlegte, zum Geschenke gemacht. Noch viele andere Herrschaften aus Frankfurt: Metzler, Kämel, Sonnemann u. s. w. machten gleichfalls Geschenke und haben sich mit dieser Opferwilligkeit große Verdienste um das Ansehen des schönen Institutes erworben. Alle übrigen Bäume und Sträucher, deren wir noch in Masse bedurften, habe ich von meinen hiesigen Kollegen angekauft. Für diesen Teil der Anlage lieferten wir aus unserer eigenen Baumschule nichts, um allen Schein des Eigennutzes fern zu halten, umsomehr, da „gute Freunde" mir nachsagten, ich würde doch nicht viel mehr denn eine Promenade herausbringen und die Gesellschaft gehörig überlegen; an mir sei ein Jude verloren gegangen u. s. w. Ganz entgegen diesem Urteile übernahm ich die Oberleitung (und zwar 12 Jahre persönlich), die technischen Ausführungen, eine Menge von Plänen, Skizzen, sämtliche Profile ec. bis zur heutigen Stunde unentgeltlich, dabei von dem einzigen Gedanken getrieben, die Gartenbaukunst in Frankfurt a. M., die damals noch im Argen lag, zu heben und zu fördern, und nur beseelt von der Lust und dem Drange zum Schaffen. Nach zweijähriger, rastloser Arbeit war das Werk dem ersten Plane entsprechend vollendet und hatte sich des ungeteilten Beifalls von Laien und Fachleuten zu erfreuen, besonders das Blumenparterre bzw. die Teppichbeete und Terrassen, die damals für Frankfurt etwas ganz Neues waren. Da nun meine Widersacher hier ganz das Gegenteil fanden, als die von ihnen prophezeite Promenade, gingen ihnen beschämt die Augen auf. Nur einer meiner Collegen hatte von Anfang an eine Ausnahme gemacht, Herr Handelsgärtner Rühl, der öfter die Bemerkung machte: „Das ist der Moltke unter den Gärtnern!" Von hier ab bekam der „blinde Kurhesse" nicht nur bei Kollegen, sondern auch bei Leuten von Distinktion in Frankfurt und Umgegend mehr Ansehen. Den 16. März 1871 waren die Anlagen und das Gebäude mit dem Palmenhaus soweit vollendet, letzteres wunderbar arrangiert durch den Inspektor und treuen Mitarbeiter Ferdinand Heiß, welcher hierdurch das Ansehen des „Palmengartens", dessen Benennung ebenfalls von ihm stammt, mitbegründen half. Der Nachfolger desselben, mein Schüler und Freund, der jetzige Direktor, Herr August Siebert, hat dann später, wie ich schon hier im Voraus bemerken will, in anerkennenswerter Weise die damals noch geringen Kulturen zu einer in dieser kurzen Zeit staunenerregenden Entwicklung gebracht und durch seine Leistungen in dieser Branche ganz besonders zur Vervollkommnung und Hebung des Palmengartens beigetragen, so daß die Palmengartengesellschaft an ihm eine gärtnerische Kraft besitzt, die nicht genug geschätzt werden kann. Ebenso Herr Betriebsdirektor Paul Böhm, der durch seine Gewandtheit, Umsicht und Leutseligkeit sich ganz besondere Anerkennung sowohl bei dem Verwaltungsrate als bei dem Publikum erworben hat.

Das Publikum konnte nun ganzen und vollen Einblick in das nach jeder Richtung großartige Etablissement genießen und that dies um so freudiger, als um diese Zeit der ersehnte Frieden wieder eingezogen war und die Gemüther mit Frohsinn und Dankbarkeit erfüllte. Täglich konnte man Scharen dorthin wallfahrten sehen, die alle entzückt waren von der herrlichen Anlage.

Als sich nach einiger Zeit zeigte, daß der Park einer Vergrößerung bedürfe infolge starker Zunahme von Abonnenten und Passanten, wurde er auf der westlichen Seite um 15 Morgen erweitert. Um nun diesem Theile Leben und Abwechselung zu verschaffen, projektierte ich für die öde, horizontale Fläche (Sandgrube) eine etwa 5 Morgen große Weiheranlage, die von unserem Verwaltungsrate einstimmig genehmigt wurde. Die Gesamtkosten bezifferten sich auf 250 000 Mark, da nicht weniger denn 30 000 cbm Erde ausgeschachtet werden mußten, die zu den Höhenanlagen und Uferformationen (Brücke, Schweizerhaus, Grotte) ihre Verwendung fanden. Das Ganze trägt das Gepräge einer Gebirgslandschaft, die zumeist mit dunkelen Nadelhölzern (Koniferen, untermischt mit amerikanischen Eichen, Buchen u. s. w.) bepflanzt ist. Es ist durch die Weiheranlage dem Publikum Gelegenheit geboten, sich hier mit Gondelfahren zu amüsieren, was auch von Herren und Damen freudig begrüßt wurde. Gleichzeitig sollte die Wasserpartie im Winter zu einer Eisbahn dienen, die ebenfalls vielen Beifall fand. Der Garten wird im Sommer durch die Bootsfahrt, im Winter durch den Eissport außerordentlich belebt und erhält durch beides ganz besonders landschaftlichen Reiz. An den Ufern, zum Teile aus dem Wasser hervorragend, wurden große Felsblöcke angebracht, und sind dies die ersten Felsen gewesen, die in solcher Größe in Frankfurt Verwendung fanden. Viele davon wiegen mehr als 400 Centner. Einer derselben hat die Form eines liegenden Elefanten, wie er denn auch häufig so genannt wird. Solche Steine kosteten wegen ihrer Größe je 400–600 Mark. Die große Weiherfläche ist mit einer Kettenbrücke von 100 Fuß Länge überspannt, unter der die kleinen Boote fröhlich dahinfahren. Die Brücke selbst, die zwischen zwei riesigen, thorartig geformten Brückenköpfen liegt, bietet ein reizendes Bild. Man hat von hier westlich einen prächtigen Blick auf den See und eine Kaskade, die von nicht unbedeutender Höhe kommt. Auf der Kuppe, etwa 50 Fuß über der Wasserfläche, erhebt sich, mit dem Taunusgebirge als Hintergrund, das Schweizerhaus, nach dem Präsidenten die „Pfaffshöhe" genannt, von dem aus man einen Ueberblick über den ganzen Park genießt. Nicht unerwähnt will ich das kleine Bootshaus lassen, wo die Menge von Gondeln an einem Floße vor Anker liegt, und welches sich besonders gut auf dieser kleinen Bucht ausnimmt. Dasselbe ist ein Geschenk von Herrn Bernhard Andreae, einem treuen, opferwilligen Förderer und Verwaltungsratsmitgliede des Instituts.

Diese Schöpfung brachte mir die Anerkennung der Königlichen Regierung in der Verleihung des Titels: „Königlicher Gartenbaudirektor" und des Kronenordens IV. Klasse ein. Von der Verwaltung der Palmengarten-Gesellschaft wurde ich gelegentlich eines Festmahls mit einem prachtvollen Geschenke überrascht, bestehend aus einem Tafelaufsatz aus getriebenem Silber mit Blumengöttin, von hohem künstlerischem Werte, bei dessen Übergabe mir der Präsident Worte des Dankes und der Zufriedenheit aussprach. Später, bei Gelegenheit einer Generalversammlung, äußerte er, einen Toast ausbringend, etwa folgendes: „Meine Herren! (zu mir sich wendend). Hier sitzt die Mutter, die den Palmengarten geboren, (zu Herrn Inspektor Heiß) hier die Amme, die ihn pflegte. Mich nennt man den Vater, worauf ich stolz bin!"

Nach jahrelanger, gedeihlicher Fortentwickelung, manchen nützlichen Verbesserungen und Neuerungen wurde es Bedürfnis, wiederum eine nicht unbedeutende Erweiterung vorzunehmen und zwar aus dem Grunde, weil die vielen Bauten unserem Institut zu nahe rückten und uns die gute Luft und Fernsicht nach dem Taunusgebirge entzogen. Ein Areal von 30 Morgen, welches der Baubank angehörte, wurde von der Stadt, der es nach 99 Jahren zufällt, erworben, um die Ausdehnung der Anlagen und den schon lange in Aussicht gestellten Ausbau der bereits begonnenen Bergpartie zu vollenden, besonders für Alpinenpflanzen. Mir wurde der Auftrag, die Vergrößerung im Anschluß an die alten Anlagen und die noch etwa fehlenden Belustigungsplätze zu projektieren und auf diesem Felde wieder ganz Neues zu bieten. Bei den Engländern ist es schon lange Brauch, ihre Spiele, nicht wie hier zu Lande, auf Sandwegen, sondern auf Rasen zu veranstalten.

Zu diesem Zwecke entwarf ich in Hippodromform eine etwa 9000 qm große Rasenfläche, die im Sommer zu Lawn-Tennnis und Croquetspiel verwendet werden, im Winter eine künstliche Eisbahn abgeben sollte, die auch schon im Januar 1887 fertig und mit großem Pomp eröffnet wurde. Die äußere Peripherie um dieses Hippodrom hat eine Länge von 400 m und eine Breite von 6 m. Diese Fläche dient zu einer Bicycle-Bahn. Die letztere Vergrößerung hat den Namen „Neu-Garten" erhalten, um denselben durch diese Bezeichnung etwas von dem älteren Teile zu trennen, da er Spielplätze, Reserve-Garten und Rosarium enthält. Der bis jetzt arrangierte Neu-Garten umfaßt 20 Morgen, die übrigen 10 Morgen sollen zur Vollendung der Berganlagen (Gebirgshaine, Tunnels mit Viadukt und elektrischer Bahn, kleinen Kaskaden u. s. w.) Verwendung finden und werden nach vollständiger Fertigstellung jedenfalls den Glanzpunkt des Palmengartens bilden. Es sind hierfür excl. Wasserleitung 126 000 Mark erforderlich, welche Summe am 9. April 1888 im Verwaltungsrate von der Mehrzahl der Mitglieder genehmigt wurde. Die Terrainarbeiten werden hoffentlich demnächst, um den gefaßten Beschluß zur Ausführung zu bringen, beginnen. Die Arbeit mag wohl ca. zwei Jahre in Anspruch nehmen.

Das Institut muß durch diese Ausdehnung ungemein an Großartigkeit gewinnen, so daß nach meiner 57 jährigen Erfahrung weder im In- noch Auslande ein öffentlicher Garten bekannt sein dürfte, der dem Palmengarten sowohl in landschaftlicher und dekorativer Beziehung als auch in Kulturen seltenster Gewächse zur Seite gestellt werden könnte. Er ist, wie Seine Majestät, der Hochselbige Kaiser Wilhelm I. bei einem Besuche selbst äußerte, die Perle der Gärten. Ich freue mich unendlich, daß die Idee, die ich 1868 bei dem Erwerb der Biebricher Gärten für Frankfurt faßte, jetzt mit der demnächstigen Vollendung des heutigen Palmengartens in seiner gesamten Ausdehnung verwirklicht werden wird, und daß es mir vergönnt gewesen, damit einen kleinen Tribut der Dankbarkeit zu zollen für das mir in schwerer Zeit von dieser meiner zweiten Heimat erwiesene Wohlwollen. So hat sich der Palmengarten einen Weltruf erworben, als Lieblingsaufenthalt der Einheimischen und als Anziehungspunkt für die Fremden aller Nationen.

## Palmengarten Frankfurt

### Siesmayer'sche Visitenkarte

Der Palmengarten in Frankfurt ist die wohl bekannteste Schöpfung Siesmayers. Heinrich Siesmayer hat nicht nur die Planung und Realisierung übernommen, sondern war auch einer der wichtigsten Initiatoren.

Gegründet wurde der Palmengarten 1868. Äußerer Anlaß waren die Folgen des Krieges 1866, vor allem die Annexion der Freien Reichsstadt Frankfurt und des Herzogtums Nassau durch Preußen. Herzog Adolph von Nassau mußte sein Schloß in Wiesbaden-Biebrich aufgeben und die dort vorhandene große Sammlung exotischer Pflanzen wurde mitsamt den Gewächshäusern zum Verkauf angeboten.

Heinrich Siesmayer wurde durch Vermittlung des nassauischen Hofgärtners Thelemann mit dem Verkauf der Sammlung beauftragt und sah darin die Chance, einen „Südpalast" oder „Flora", also die Verbindung eines Gesellschaftshauses mit einem Wintergarten, zu verwirklichen. Auf sein Betreiben hin wurde eine Kommission gebildet, die spätere Palmengartengesellschaft, die Aktien herausgab, um eine solche Anlage zu finanzieren. Dies gelang und nach dem Erwerb der Pflanzensammlung konnte auch mit dem Bau des Gesellschaftshauses und daran angegliederten Palmenhauses sowie der ersten Gartenanlagen begonnen werden. Bereits am 16. März 1871 konnte der Palmengarten feierlich eröffnet werden. Besonders die regelmäßigen Schmuckanlagen am repräsentativen Gesellschaftshaus, das sich auf mehreren Terrassen über den

69

*Abbildung 8* Gewächshaus im Palmengarten

ansonsten landschaftlich geprägten Park erhob, beeindruckten die Bürger und Besucher aus aller Welt.

Nach dem ersten Weltkrieg wurde die wirtschaftliche Situation der Aktiengesellschaft immer schwieriger, bis 1931 die Stadt Frankfurt den Palmengarten übernahm. Im Krieg wurde der Palmengarten stark beschädigt, 1944 Zerstörung der Glasdächer, Brand des Gesellschaftshauses, des Konzertpavillons.

Das Gesellschaftshaus wurde 1954 nur teilweise wieder reno-
viert. In den 60er Jahren wurden alle Gebäude und Gewächshäuser überholt.

*Abbildung 9*   Rosenbrunnen im Palmengarten

Der rasante wissenschaftliche Fortschritt in den biologischen
Wissenschaften und die Forderung nach zeitgemäßer Darstel-
lung der wertvollen Pflanzensammlungen führten in den folgenden Jahrzehnten zu einer regen Bautätigkeit und Umgestaltung des gesamten Gartens, die erst 1992 ihren Abschluß
fand. Es wurden Rosen-, Stein-, Rhododendron- und Stauden-
gärten neu gestaltet sowie Tropicarium, Subantarktishaus und
das Eingangsschauhaus errichtet. Außerdem wurden die Gewächshäuser mit modernster Technik ausgestattet.

Eine aktuelle Entwicklung ist die Planung einer grundle-
genden Renovierung und Erweiterung des Gesellschaftshauses, unter weitgehender Berücksichtigung der Bausubstanz aus
mehreren geschichtlichen Phasen, die bis 2008 fertiggestellt
werden soll.

Der Palmengarten ist und war eine Stätte besonderer Veran-
staltungen. 1890 besuchte der amerikanische Büffeljäger Buffa-
lo Bill mit einer Westernshow, in der 200 Indianer und Cowboys
auftraten, den Palmengarten. Am 6. Juni 1897 fand erstmals ein

Leichtathletik-Sportfest im Palmengarten statt. Seit 1931 wird im Juni das Rosen- und Lichterfest gefeiert. Den „Jazz im Palmengarten" gibt es seit 1959 und dieses ist damit eines der ältesten Jazz-Festivals in Deutschland.

Zu derselben Zeit 1868 entstand auch durch meine Hand der hiesige

## Marktplatz in Bockenheim (1868)

Hier gab es gleichfalls mancherlei Kämpfe und Schwierigkeiten, bis die grüne Fläche in ihrer jetzigen Gestalt genehmigt wurde und zur Ausführung gebracht werden konnte. In den Jahren 1835 und 1836 war unser schon 1817 zur Stadt erhobenes Bockenheim in seiner äußeren Gestalt fast noch ein Dorf zu nennen, hatte aber einen intelligenten Bürgermeister, der zugleich Architekt war, die Welt nach allen Seiten auf seinen verschiedenen Reisen kennen gelernt hatte und mit geübtem Auge die vielen Mängel Bockenheims recht wohl erkannte. Ich erwarb mir seine Gunst, die er mir besthätigte durch Übertragung verschiedener gärtnerischer Arbeiten, welche er bei seinen Neubauten auswärts brauchte. Dieser Mann entwarf alsdann später für die kleine Stadt ein allgemeines Bauprojekt, nach welchem im Inneren ein etwa fünf Morgen großer Platz, als Marktplatz, vorgesehen war. Diese Fläche war zu damaliger Zeit gewöhnliches und dazu versumpftes Ackerland, „der kleine See" genannt, auf dem man erst um Johannistag mit dem Feldbau beginnen konnte. Als nun im Laufe der Zeit am äußeren Rande dieses Platzes hie und da Bauten erstanden, wie das Rathhaus, die kath. Kirche u. s. w., zeigte sich die innere Fläche als widerwärtiger Kontrast. Ich projektierte deshalb einen großen englischen Square, dessen Außenlinien als Alleen angelegt werden sollten, zugleich aber auch als Verkaufsstellen dienen konnten. Der

Platz eignet sich auch vorzüglich dazu, da er den Mittelpunkt der Stadt bildet und an seinen Längsseiten Rathaus und Kirche gegenüberliegen.

Der Stadtrat zollte dem Plane im Allgemeinen Beifall, doch, wie immer, gefiel den Bockenheimern die pekuniäre Seite nicht, und ich hatte das Vergnügen, mich über diese Anlage einige Jahre mit ihnen hin und her zu streiten. Um nun doch mein Projekt durchzusetzen und den Widersachern den Mund zu stopfen, blieb mir nichts anderes übrig, als den Platz unentgeltlich herzustellen mit allem, was dabei einbegriffen war: Baumbepflanzung, Planierung, Lieferung sämtlicher Bäume und Sträucher, Einfriedung u. s. w. Die Ausführung fiel zu jedermanns Befriedigung aus, und der Marktplatz ist heute die Zierde und der Stolz Bockenheims, wie überhaupt Baumanlagen jedem Dorfe und jeder Stadt den schönsten und natürlichsten Schmuck verleihen, weshalb dergleichen Anlagen einer jeden Stadt nicht genug anempfohlen werden können.

Als Anerkennung dieser Leistung ehrte mich die Stadt Bockenheim durch Überreichung eines silbernen Pokals.

Zu Ehren des denkwürdigen Tages des 90. Geburtstages unseres erhabenen Heldenkaisers Wilhelm setzte ich am 22. März 1887 persönlich an 4 Stellen, die 4 Kaiser symbolisierend, junge Eichen, als Erstlinge den Vilbeler Baumschulen entnommen. Sie werden ebenfalls in späterer Zeit, wie ich hoffe, ein schöner Schmuck unseres Marktplatzes sein und mögen kommenden Geschlechtern als ein Erinnerungszeichen an den großen Herrscher dienen.

Es war überhaupt stets mein Bestreben darauf gerichtet, da ich hier das Glück hatte, unser Geschäft zu gründen und nach allen Richtungen zu erweitern, auch von Seiten der Stadt in rühmlicher Weise in meinen Bestrebungen unterstützt wurde, meinerseits die kleine Stadt nach jeder Seite verschönern zu helfen. Bei der zunehmenden Bevölkerung erwies es sich nun als ein großes Bedürfnis, den alten **Friedhof**, der sich nachgerade als zu klein erwies, durch einen neuen zu ergänzen. Ich plaidierte jedoch nicht, wie meine Collegen, für einen schmucklos angelegten Acker, sondern für ein gärtnerisches Arrangement, wie dies in anderen größeren Städten Brauch ist, in dessen Rahmen die Dahingeschiedenen eine friedliche Stätte haben sollen, die Hinterbliebenen aber einen freundlichen Aufenthalt finden mögen, wenn sie in Schmerz und Kummer zu den Gräbern ihrer Lieben pilgern. Diese Idee fand wohl bei Einigen, besonders bei unserm Herrn Bürgermeister Temme, Anklang, nicht aber bei der Mehrzahl. Fort und fort ließ ich nichts unversucht, den Stadtrat für mein Projekt einzunehmen, bis er sich auch endlich, Mitte der siebziger Jahre, dazu bestimmen ließ. Mein diesbezüglicher Plan war schon in Bereitschaft und fand allgemeinen Beifall. Er enthielt eine neue Begräbnisordnung, in Epitaphium I. und II. Klasse, allgemeine Gräber, Kindergräber u. s. w., welche den Platzverhältnissen angepasst waren.

Der Friedhof, an der Ginnheimer Chaussée gelegen, ist in regulärem Stil ausgeführt; es fehlt ihm nur heute noch die schattige Promenade aus der Stadt. Den Eingang bildet ein hübscher Vorgarten mit geräumiger Vorfahrt, dem sich die Alleen, Sitzplätze u. s. w. harmonisch anreihen.

Fern vom Getriebe der Stadt, mit wunderschönem Ausblick nach dem nahen Taunus, bietet dieser Friedhof eine echte, friedliche Ruhestätte und ist nicht nur für die Leidtragenden, sondern auch für das übrige Publikum ein Hauptanziehungspunkt geworden, welcher der Stadt alle Ehre macht.

# IV. Von 1870–1880

wuchs das Geschäft rapid empor in Neuanlagen, von denen ich nur die bemerkenswertesten hier hervorheben will, als die Gärten von Willy von Rothschild, Frankfurt, — Dr. W. von Erlanger, Ingelheim a. Rh., — Konsul Bauer, Johannisberg, — Fürst Metternich, — Herzog von Nassau — Hermann Mumm, Frankfurt, — Baron Hügel, Darmstadt, — Graf Katzfeld, Schloß Sonnenberg bei Schierstein, — M. C. von Rothschild, Frankfurt, — von Bethmann, Königstein bei Franfurt, — Prinzessin Croy, Landgut bei Eltville, — Dr. Berna, Landgut Büdesheim, — Freiherr von Löw, — Freiherr von Knoop, — Freiherr von Gilsa, — Baron Steffens, Parkanlage bei Brühl, — Generalin von Günderrode, Höchst i. d. Wetterau, — Villa von Bitter, Eltville, — Block, Schlangenbad, — die Kuranlagen in Schwalbach ec. Hierzu kommen noch eine Menge kleinerer und größerer Anlagen (darunter auch der oben erwähnte Friedhof in Bockenheim) teils in Westfalen, der Pfalz, Rhein- und Oberbayern, Schweiz, Ost- und Westpreußen, andere in Österreich, Elsaß-Lothringen (Straßburg, Forbach) u. s. w. Die bedeutendsten Ausführungen, auf die ich hier näher eingehen will, sind die Anlagen in Kaiserslautern, Stadtpark Mannheim, Stadtpark und zoologischer Garten in Elberfeld, Stadtpark in Hagen. Kur- und Heilanstalt Falkenstein, Schloßplatz in Karlsruhe, des Geheimen Kommerzialrats Freiherrn von Stumm Schloß Halberg bei Saarbrücken, des Legationsrats Freiherrn von Stumm Landgut bei Marburg, — Freiherr von Grunelius, Oberlauringen bei Schweinfurt und einige andere.

Eine der schwierigsten dieser Arbeiten ist wohl die Anlage bei der

## Kammgarnspinnerei in Kaiserslautern

Es galt hier eine etwa drei Morgen große Fläche, welche Steinbruch war, zu einem noblen Landsitz umzuwandeln.

Da die Villa selbst etwa 15 Meter höher als die untere Lauternstraße stehen sollte, so mußte ein Fahrweg mit acht Prozent Steigung angelegt und derselbe, wie allen übrigen Wege, teilweise in die Steinmassen gesprengt oder eingehauen werden, ebenso die Grotte, die kleine Weiheranlage mit Kaskade und Brücken, die Tunnels, sowie sämtliche Treppenanlagen nach den verschiedenen Höhen. Aus den ausgesprengten Steinmassen wurde zum größten Teil die prächtige Villa erbaut. Um auf diesem Felsgestein einen Garten zu schaffen, war es nötig, selbst die Flächen für Rasen, Gruppen, Baumpflanzungen, Parterres manchmal ein bis zwei Meter tief auszusprengen, welche Arbeit enorme Kosten in Anspruch nahm, die aber hier gar nicht gescheut wurden. Es war diese Anlage zwar eine kleine, aber wohl eine meiner originellsten Schöpfungen.

Nicht minder schwierig, aber von gleich gutem Erfolge begleitet, war die Fertigstellung des Gartens zur **Villa Karcher**, ebendaselbst.

Ebenso wurde mir der **Stadtpark** und die **Casinoanlage in Kaiserslautern** übertragen. Dieselben sind in großem, englischem Stil, einfach behandelt und machen durch ihre Alleen und Wegzüge einen imposanten Eindruck.

Auch bei der Verschönerung des dortigen **Königsplatzes** half ich mit durch Aufstellung verschiedener, hochstämmiger, amerikanischer Linden und ganz besonders durch vier Nordmannstannen, die ich dem Verschönerungsverein als Andenken verehrte. Dieser Verein beauftragte mich gleichzeitig, inmitten des „Barbarossa-Parkes" eine freie Stelle für größeres Publikum zu arrangieren, so daß man von hier aus den prächtigen Ausblick nach der Umgegend genießen könne. Ich lichtete zu diesem Zwecke die dichtbewaldete Fläche, öffnete hierdurch herrliche Fernsichten und schuf damit zugleich einen größeren Platz, auf welchem Tische, Bänke und verschiedenartige Dekorationsgegenstände für das Publikum angebracht werden konnten. Um mir eine Freude zu machen, wurde vom genannten Verschönerungsverein dieser Platz für alle Zeiten die „Siesmayerei" genannt. Dieser Name ist in großer Inschrift auf einer Gedenktafel angebracht.

Ungefähr um dieselbe Zeit erhielt ich eine weitere größere Arbeit, den

## Stadtpark zu Mannheim

Die Stadt beabsichtigte schon längere Zeit, ein ähnliches Institut zu gründen wie der Palmengarten in Frankfurt und dem dortigen Publikum einen Aufenthaltsort zu schaffen, an dem sowohl Einheimische als Fremde aus den besseren Ständen sich versammeln könnten. Um diesen Gedanken zu verwirklichen, bildete sich ein Komitee, welches in kurzer Zeit eine Aktiengesellschaft gründete, die ca. 30 000 Mark für diesen Zweck aufbrachte. Ich erhielt den Auftrag, das Terrain zu besichtigen und einen Plan zu entwerfen für die Stellung des Restaurationsgebäudes, Musiktempels, des Bootshauses, der Bierhalle, der Ökonomiegebäude, der Molkenanstalt, sowie für die gärtnerischen Anlagen mit ihren Terrassen, Blumenparterres und Fontainen, Weiheranlagen, Spiel- und Turnplätzen ec., welchem Auftrage ich mich alsbald unterzog. Mein Projekt wurde dem provisorischen Komitee und dem Großherzog vorgelegt und mit kleinen Abänderungen genehmigt, vorbehaltlich der Kostenberechnung, die ich später einlieferte, und die sich auf die Summe von 100 000 Mark belief. Auch diese wurde von der Generalversammlung später acceptiert. Das ganze Terrain gehörte seinerzeit zum Schloßgarten und war ziemlich eben nach dem Rhein hin abfallend. Die ganze Fläche war mit großen Eichen, Buchen und Pappeln bepflanzt. Nach einer Bestimmung des Großherzogs durften hier keine Bäume gefällt werden, was mir den Spielraum für meine Landschaftsbilder wesentlich erschwerte. Die wenigen freien Plätze benutzte ich für Aufstellung des

Restaurationsgebäudes und der Weiheranlage, bei deren Ausschachtung ich den Boden zur Aufschüttung der Terrasse gewann. Um dem Ganzen nun Abwechslung zu verschaffen und ein mannigfaltiges, wellenförmiges Aussehen zu verleihen, war ich genötigt, sämtliche Wege tiefer in den Boden zu legen, damit die Baummassen geschont würden und sich von den Wegen mehr emporheben könnten. Durch diese glückliche Idee bekam der Park ein ungemein malerisches Ansehen. Die ganze Arbeit wurde binnen Jahresfrist bewältigt, und ich erwarb mir mit derselben die vollste Zufriedenheit meiner Auftraggeber.

## Luisenpark Mannheim

### Moderne Nutzungskonzepte

Die Geschichte der Mannheimer Parks beginnt im 19. Jahrhundert, als die bisher als Erholungsraum genutzten Festungsanlagen aus früheren Jahrhunderten eingeebnet wurden und im Laufe der Zeit auch die dort angelegten blühenden Gärten und Anlagen durch Bebauung immer stärker reduziert wurden, bis schließlich nur ein promenadenartig angelegter Ring um die Altstadt übrigblieb.

Zunächst wurde dann im Süden der Schloßgarten nach Plänen des Schwetzinger Gartendirektors Ludwig von Sckell angelegt. Auch wurde eine größere Parkanlage nördlich des Neckars geschaffen, trotzdem blieb ein Mangel an öffentlichem Erholungsraum bestehen.

Mit einer starken Steigerung der Einwohnerzahl Mannheims Ende des 19. Jahrhunderts entstanden neben zusätzlichen Wohngebäuden auch zahlreiche Parks. Von der Firma Siesmayer wurden eine ganze Reihe dieser Parks geplant, darunter 1882 der Friedrichspark, 1890 der Schnickenlochpark, 1891 der Neckarpark und 1898 die Rennwiese. Auch der Obere (1894) und Untere Luisenpark (1898) wurden von der Firma Siesmayer geplant. Die überwiegende Zahl dieser Anlagen dürfte von Philipp Siesmayer, dem Sohn Heinrich Siesmayers, angelegt worden sein.

Der Untere Luisenpark wird von Kolpingstraße im Süden, Renzstraße im Westen, Bassermannstraße im Osten und Ludwig-Ratzel-Straße im Westen abgegrenzt. Er ist der letzte noch erhaltene Landschaftspark in Mannheim, ein Großteil der ursprünglichen Wegeführung ist erhalten. Obwohl einige für die Blickachsen charakteristischen Merkmale, wie beispielsweise das Wasserbecken in der Mitte und einige Wege in der Längsachse fehlen, kann der Untere Luisenpark als Gartendenkmal aus der Zeit des Landschaftsgartens betrachtet werden und zeigt heute noch die entsprechenden Grundzüge auf.

1927 wurde im Unteren Luisenpark das erste Planetarium Deutschlands gebaut, auf einem Hügel im östlichen Teil. Leider ist es im Zweiten Weltkrieg durch Bomben zerstört worden, wie auch das Wasserbecken in der Mitte des Parks.

*Abbildung 10* Oberer Luisenpark im Herbst

Im Westen schließt hinter der Ludwig-Ratzel-Straße der Obere Luisenpark an. Auch dieser Park entstand ursprünglich als Landschaftsgarten und ist heute ein moderner Freizeit- und Erholungspark mit eigener Charakteristik.

Als Mannheim im Jahr 1975 die Bundesgartenschau gewann, wurde der Obere Luisenpark nach Nordosten großflächig erweitert. Das Konzept eines gebührenpflichtigen Parks mit hochwertigen Angeboten wurde zu einem großen Erfolg. 8,1 Millionen Besucher zählte die Bundesgartenschau, eine Zahl, die bis dahin unerreicht war. Durch die Bundesgartenschau geprägt, hat sich der Obere Luisenpark zu einer weit über Mannheim hinaus bekannten Einrichtung mit hohem Freizeit- und Erholungswert entwickelt.

Ein für die Zukunft des damaligen Geländes wichtiger Schritt war der schon wenige Wochen nach Eröffnung der Bundesgartenschau erhobene Wunsch aus breiten Teilen der Bevölkerung, Luisenpark und Herzogenriedpark als gebührenpflichtige, eingezäunte Stadtparks zu erhalten.

*Abbildung 11*   Kutzerweiher im Oberen Luisenpark

Die Nutzung wird in verschiedene Kategorien untergliedert mit dem Oberbegriff „Lebenswert", wie zum Beispiel der Lebenswert „Grün" (kunstvoll gegliederte, gepflegte und weiträumige

Parkanlagen), „Unterhaltung" (abwechslungsreiches Veranstaltungsprogramm in besonderer Atmosphäre) oder „Kind" (vielseitiges Kinderparadies).

Der Luisenpark bietet eine breite Palette an Freizeitmöglichkeiten: ein Tiergehege, den Chinesischen Garten mit Teehaus, eine Seebühne mit 1100 Sitzplätzen, verschiedenste Freizeitanlagen und Gastronomiebetriebe. Es sollten außerdem die Pflanzenschauhäuser erwähnt werden, in denen seit 1975 wechselnde Ausstellungen zu unterschiedlichen Themen stattfinden.

Eine weitere interessante Aufgabe war der

## Zoologischer Garten in Elberfeld

In der großen Industrie-Doppelstadt Elberfeld und Barmen tauchte die Idee auf zur Hebung des Fremdenverkehrs einen Zoologischen Garten anzulegen, der gleichzeitig als größeres Restaurations- und Vergnügungslokal, wie in anderen Städten, dienen sollte; Es wurden zu diesem Zwecke gärtnerische Fachleute (Landschafter) beauftragt, einen geeigneten Platz zu wählen, an dem ein derartiges Etablissement mit Vorteil errichtet werden könnte. Man zog Sachverständige heran, Jürgens aus Hamburg (Landschafter), die Direktoren der Zoologischen Gärten in Frankfurt und in Köln und meine Wenigkeit, die ihr schriftliches Gutachten abgeben sollten über praktische Lage, Boden, klimatische Verhältnisse, sowie über landschaftlichen Wert des Platzes. Unsere Eingaben wurden der Städtischen Behörde vorgelegt, die lange Zeit darüber nicht schlüssig werden konnte, ob das Etablissement im Osten oder Westen der Stadt angelegt werden sollte, bis schließlich das von mir empfohlene Stück, genannt „Müricke", die Genehmigung erhielt. Der Entwurf eines entsprechenden Planes nebst Kostenrechnung, den ich vorzulegen hatte, wurde mit allgemeinem Beifall aufgenommen. Das ganze Terrain war äußerst abschüssig, durch Gebirgswasser unruhig und verworren gestaltet, nur die äußeren Höhenzüge waren von prächtigen Waldungen umgeben, die den Anlagen den eigentlichen Reiz sicherten. Wie alle zoologischen Gärten trägt auch dieser ein unruhiges Gepräge durch die vielen kleineren und größeren Bauten, Einfriedigungen u. s. w. Dies suchte ich zu mildern durch mannigfaltige Terrassenanlagen mit verschiedenen Ausbuchtungen in Verbindung mit einem nicht unbedeutenden Weiher für Gondelfahrer und zoologische Zwecke, sowie namentlich durch die Herstellung prächtiger Ausblicke in die reizende Thallandschaft. Für Terrainarbeiten, Lieferung von Bäumen und Sträuchern excl. der Weiheranlagen wurden uns 75 000 Mark bewilligt. Auch diese Schöpfung hatte sich der ungeteilten Zufriedenheit von Auftraggebern und Besuchern zu erfreuen.

In Elberfeld hatte ich ferner den umfangreichen Park des Herrn Rentier Haarhaus anzulegen, sowie gleichzeitig in Barmen eine Berganlage für Herrn Merklinghaus zu schaffen. Alle diese Leistungen machten den Magistrat in Elberfeld auf mich aufmerksam und gaben ihm die Veranlassung, mir die Anfertigung der Pläne für die schon früher geplante Erweiterung des städtischen Parks, die Haardt genannt, und die demnächstige Ausführung derselben zu übertragen.

Die **Haardtanlage** mit ihren schwierigen Bodenverhältnissen ist eine meiner bedeutendsten Ausführungen in Gebirgsanlagen, deren Fertigstellung die Summe von 200 000 Mark erforderlich machte. Die etwa 40 Morgen große, in einem Winkel von 40–45° abfallende Fläche trägt vollständig den Gebirgscharakter mit Rampen und Felswänden, die von 1 Meter bis 30 und 40 Meter Höhe emporsteigend, hier völlig neu geschaffen wurden. Es kam mir dabei sehr zu statten, daß ich die vorhandenen Steinbrüche mit der Anlage verbinden konnte, was in pittoresker

Weise wirkte und dem Ganzen ein romantisches Ansehen verschaffte. Eben durch die Bodenbeschaffenheit hatte ich viel Schwieriges zu bewältigen. Die gewünschten Fahr- und Fußwege aus dem Innern der Stadt bis zum Restaurationsgebäude stiegen circa 50 Meter, bis zur höchsten Kuppe sogar 75 Meter, über das Niveau der Stadt in die Höhe und waren insofern für die Terrainarbeiten sehr unvorteilhaft. Trotzdem wurde die ganze Arbeit in ca. zwei Jahren fertiggestellt. Das Restaurationsgebäude steht auf dem großem Plateau in der Hälfte des Berges, welches einen prächtigen Ausblick auf die Türme und Dächer der Stadt und deren Umgebung gewährt. Überhaupt macht die ganze Anlage, im Terrassensystem durchgeführt, mit riesigen Einschnitten und entsprechenden Höhen einen überwältigenden Eindruck.

Diese und andere Arbeiten in dortiger Gegend brachten mir geschäftlich viele, nicht unbedeutende Aufträge.

Eine weitere sehr interessante Arbeit war die

## Kur- und Heilanstalt Falkenstein

In Frankfurt traten verschiedene Aerzte und Laien zusammen, an der Spitze der als Autorität in Lungen- und Halsleiden bekannte Sanitätsrat Dr. Moritz Schmidt, um gemeinschaftlich am Taunusgebirge eine Heilanstalt für Lungenkranke zu gründen. Es wurde hierfür als durch seine Temperatur besonders geeignet ein ca. 30 Morgen großes Terrain in Falkenstein, direkt unter der Burg, angekauft, an das sich ein bedeutender Eichen- und Buchwald anschließt. Man wählte mich gleich bei Gründung dieser Anstalt in die Verwaltung, der ich heute noch angehöre. Die Wiesenfläche mit ihren Waldsäumen wurde nach meinen Plänen zu einer großen Hainanlage gestaltet, auf der Südseite breite Terrassen angelegt, von wo man Kronberg mit seinen Türmen und Ruinen, die ganze wunderbare Umgebung, sowie das Mainthal in seiner malerischen Schönheit weit überblickt.

Die Anlage hat sich bis heute auf das herrlichste entwickelt, und die Kurgäste erfrischen sich hier gerne unter den schattigen Bäumen an der köstlichen Luft. Diese Anstalt erfreut sich seit 15 Jahren ihres Bestehens einer fortwährenden Zunahme, welche hauptsächlich dem unermüdlichen und opferwilligen Herrn Sanitätsrat Dr. Dettweiler zu verdanken ist. Die Verwaltung besteht aus folgenden Frankfurter Herren: Adolf Grunelius, Präsident und rastloser Mitarbeiter, von Heyder, Dr. med. Schmidt-Metzler, Osterrieth, L. A. Hahn, Jaques Reiß, Drexel, Stadtrat Dr. Varrentrapp und meine Wenigkeit, welche heute noch für die Vergrößerung und Verschönerung der Anstalt wirken.

## Kempinski Hotel Falkenstein

### Vom Militärhospiz zum First-Class Hotel

Die Ursprünge des Parks um das heutige Kempinski Hotel Falkenstein gehen zurück auf das Jahr 1876, als auf dem Gelände ein Sanatorium eröffnet wurde. Der Park wurde von Heinrich Siesmayer nach dem Vorbild englischer Landschaftsgärten gestaltet.

Nachdem 1907 das Sanatorium abgerissen und 1909 ein Erholungsheim für Offiziere der kaiserlichen Armee errichtet wurde, gestaltete Philipp Siesmayer 1909 bis 1917 Teile des Parks um. Die Promenade in Form eines Terrassenrundwegs mit Blick über den Park und die Umgebung stammt aus dieser Zeit.

Nach dem Zweiten Weltkrieg wurden die Gebäude für Krankenhauszwecke mit unterschiedlichen Schwerpunkten genutzt. Die Sanierung und der Umbau des Komplexes für die Nutzung als Eigentumswohnungen und Hotel begann 1997. Die Gebäude wurden grundlegend restauriert und modernisiert.

*Abbildung 12*   Kempinski Hotel Falkenstein

In diesem Zeitraum wurde der historische Siesmayer Park wiederhergestellt. 1999 eröffnet das Kempinski Hotel Falkenstein. Merkmale des Parks sind die Verwendung exotischer Nadelhölzer, der weitläufige Wiesenraum mit Blick auf Frankfurt sowie der Weiher am südöstlichen Ende der Wiese. Entlang der Wiesenränder verwendete Siesmayer zahlreiche Nadelhölzer.

Der Siesmayer Park gehört zum Kempinski Hotel Falkenstein und ist als Privatgrundstück nicht uneingeschränkt zugänglich. Der Park steht jedoch Gästen des Hotels, des Restaurants Siesmayer sowie des Bistros jederzeit offen. Von den Terrassen bietet sich ein bemerkenswerter Blick auf den Park und das im Hintergrund liegende Maintal.

Der auch zu Zeiten von Heinrich Siesmayer spektakuläre Blick auf die Silhouette Frankfurts, wurde bei der Anlage des Parks bewusst als Gestaltungselement genutzt.

## Schloßparkanlage Hallberg bei Saarbrücken

Herr Kommerzienrat Freiherr von Stumm, im ganzen Saargebiet der „Kohlenkönig" genannt, der dort tausende von Leuten in und über der Erde beschäftigt, kaufte sich ein großes Waldstück von ca. 400 Morgen, das interessante Ueberreste von unterirdischen Gängen und Palästen aus der Römerzeit enthält, die noch heute als Sehenswürdigkeit bewundert werden. Der genannte Herr ließ nun auf der höchsten Bergspitze ein großartiges Schloß in gotischem Stil ausführen mit Türmen, Säulengängen, prächtigen Vorhallen, Terrassen, Gewächshäusern, Wintergarten und Oekonomiegebäuden von dem als Kapazität in der Gothik bekannten Oberbaurat Oppler aus Hannover. Freiherr von Stumm ging nun auch mit dem Gedanken um, sich zu dem schönen Palaste eine entsprechende, größere Parkanlage herstellen zu lassen. Während seiner Anwesenheit im Herrenhause zu Berlin wurde ihm der bekannte Gartendirektor Neide dort für diese Ausführungen ganz besonders empfohlen. Da jedoch dessen Arbeit seinen Anforderungen nicht entsprach, übertrug er mir dieselben. Zuerst nahm ich den Schloßhof in Angriff, der sich durch seine gewaltigen, der Vorfahrt angepaßten Kurven recht gut ausnahm und dem Freiherrn von Stumm viel Vergnügen machte. Baurat Oppler hat in der Vorderfront des Schlosses eine 7 bis 8 Meter hohe Terrasse aufgebaut, deren Mitte eine riesige Fontäne ziert. Die übrigen Flächen wurden für ein englisches Blumenparterre verwendet, die rechts und links anstoßenden Veranden mit Glycine sinensis und Aristolochia Sipho bepflanzt, welche beide heute von effektvoller Wirkung sind. Auch bedürfen der Erwähnung die mächtigen Rhododendron- und Azaleengruppen zu beiden Seiten des Schlosses. Von der Terrasse erblickt man vor sich die Saar und im Hintergrunde die „Spicherer Höhen", welche einen wirkungsvollen Abschluß bilden. Die übrigen, umfangreichen Flächen wurden hainartig, teils regulär, teils irregulär, den großen Waldsäumen angepaßt, welch' letztere den Uebergang zu den mächtigen Waldungen vermitteln. Auch ein nicht unbedeutender Obst- und Gemüsegarten wurde zur Ausführung gebracht. Zu einer der interessantesten Schöpfungen dieses ganzen Arrangements bot mir eine günstige Gelegenheit ein alter Steinbruch, der oben auf der höchsten Spitze Wasser lieferte, so daß ich hier mächtige Kaskaden aufbauen konnte, welche von kleinen Wegen durchschnitten wurden, die an die verschiedenen, bachartig angelegten Teiche führen. Diese Leistung fand gleichfalls den Beifall des hohen Herrn, und ich erwarb mir hierdurch seine volle Zufriedenheit. Da der genannte Steinbruch unmittelbar an der Straße liegt, die nach dem Schloßhof führt, so kann die Anlage von jedem gesehen und bewundert werden. Infolge dessen bekam ich noch verschiedene Aufträge anderer Herrschaften in Saarbrücken, wie von Fabrikbesitzer Schwartz, Rentier Dingler (englisches Parterre mit Gartenanlagen) u. a. m.

## Schloßplatz in Karlsruhe

Es stand der Residenzstadt Karlsruhe im Jahre 1875 hoher Besuch der drei Kaiser in Aussicht, und sollte deshalb auf Befehl des Großherzogs binnen zwölf Tagen, nach welcher Zeit die hohen Herrschaften erwartet wurden, der große Schloßplatz, dessen Mittelstück mit seinen riesigen Fontänen, Statuen und Kandelabern allein fünfzehn Morgen enthält, als Blumenparterre hergerichtet werden. Der dortige Hofgarten-Direktor Meyer erklärte seinem hohen Chef, dem Hofmarschall, daß er für diese Riesenfläche nicht das nötige Material habe, auch nicht imstande sei, die Arbeit in so kurzer Zeit zu bewältigen. Es wurde ihm darauf bemerkt, daß der Befehl des Großherzogs unter allen Umständen für das bevorstehende Fest müsse durchgeführt werden, mit der Ordre, unverzüglich hierher zu reisen und mir die Angelegenheit vorzutragen. Der Sohn des Direktors stellte mir bei seinem Besuche die Aufgabe so schwierig wie möglich vor, sodaß ich selbst an der rechtzeitigen Fertigstellung zweifelte. Andern Tages in aller Frühe machte ich mich sofort auf die Reise nach Karlsruhe, ließ mir dort an der Hand der Situationspläne die großen, zu bepflanzenden Flächen zeigen und erläutern, wobei mir bemerkt wurde, daß ich Verbesserungen resp. Aenderungen vornehmen dürfe. Ich modelte denn auch das Blumenarrangement in kurzer Frist so ziemlich um, sodaß das Ganze mit dem Schlosse, Fontainen, Alleen und Statuen einheitlich wirkte. Die Ausführung wurde mir darauf von dem dortigen Direktor sofort übertragen. Ich gab ihm ungefähr die Summe des Kostenaufwandes an, es erfolgte kein Widerspruch, und ich setzte nun sofort per Telegraph die Herbeischaffung der Pflanzen von Bockenheim ins Werk, rief auch unseren altbewährten *Hirlinger* aus Wiesbaden herbei, der gleichfalls mit seinem geübten Auge das Ganze besichtigte und im Beisein des Direktors erklärte, wir würden es in der Hälfte der Zeit, also in 6 Tagen, fertigstellen. Dies ist denn auch zur größten Verwunderung unserer Concurrenten wirklich geschehen. Am folgenden Tage trafen schon mehrere Waggons mit Pflanzen in Karlsruhe ein (das übrige Material wurde alltäglich per Eilgut waggonweise geliefert), begleitet von 12 unserer geübtesten Setzer, die zum Teil aus dem Palmengarten, Nauheim, von Knoop, sowie aus dem hiesigen Etablissement entnommen waren. Die anderen Mannschaften wurden von der dortigen Gartendirektion gestellt; es waren im Ganzen 50–60 Leute beschäftigt. Hirlinger ließ mit der ihm eigenen Energie die Arbeiten sofort in Angriff nehmen. Von morgens 3 bis abends 10 Uhr waren die Leute in Bewegung, deren Zahl selbst bei den Mahlzeiten keine große Lücke bemerken ließ, da sie hierin in geschickter Weise abwechselten. Die Arbeit wurde dermaßen forciert, daß sie hunderte von Zuschauern herbeizog, die mit sichtlichem Vergnügen die Gewandtheit und den Fleiß dieser Leute beobachteten und bewunderten. Wie vorausgesagt, so wurde denn auch die

Aufgabe in der Hälfte der Zeit zur vollsten Zufriedenheit gelöst. Zur Anerkennung dieser meiner Leistung wurde ich zum Hoflieferanten ernannt. Seine Königl. Hoheit der Großherzog zeichneten mich ferner durch den Zähringer Löwen-Orden II. Klasse aus, und die Hofgartendirektion bezahlte mir ein nicht unbedeutendes Sümmchen. Die Arbeiten fanden von Seiten des größeren Publikums den ungeteiltesten Beifall und dienten weiter zur Empfehlung unseres Geschäftes.

## Schloß Oberlauringen bei Schweinfurt

Rittergutsbesitzer Freiherr von Grunelius, Bruder des bekannten Bankiers Grunelius in Frankfurt a. M., war der einzige von seinen Brüdern, der sich nicht dem Finanzwesen, sondern der Landwirtschaft widmete und dieselbe mit Eifer auf seinen Rittergütern in Bayern, besonders auf Schloß Oberlauringen bei Schweinfurt, praktisch übte. Seine Gemahlin, eine geborene von Heyder, Tochter des bekannten Frankfurter Patriziers, die von ganzem Herzen der Landwirtschaft und Gärtnerei zugethan war und einen umfangreichen Schönheitssinn bekundete, trug gleichfalls dazu bei, daß ihr Gemahl durch mich dort einen größeren Park zur Ausführung bringen ließ. Die dazu bestimmten Flächen, mehr als hundert Morgen, welche nicht gerade günstige Terrainverhältnisse boten und durch einen kleinen, unansehnlichen Bach durchschnitten waren, wurden durch zweckmäßig aufgestellte Baummassen mit den geringen, außerhalb liegenden Bergen, Mühlen und kleinen Bauernhäusern zu einem Ganzen umgeschaffen, so daß das Gesamtbild vom Schlosse aus mit den Fernen einen malerischen Anblick bietet. Die Längsseite des Parkes war eine eintönige lange Hügelkette, ohne alle Abwechslung. Um größere Kosten zu vermeiden, formierte ich dieselbe durch kleinere Einschnitte, spitz- und rundköpfige Baumkonturen, führte ferner einen Reitweg über die verschiedenen

Höhen, der durch seine tiefere Lage in dem Bergrücken mannigfache Veränderungen schaffte, und gab hierdurch der ganzen Höhe ein pitorreskes Aussehen. Die großen Flächen im Park sollten den Graswuchs zur Landwirtschaft abgeben. Die ganze Anlage wurde mit gewöhnlichen Bäumen, wie Eichen, Buchen, Pappeln, Tannen besetzt, die aus den eigenen Forsten des Gutsherrn entnommen waren. Dadurch kam die Parkfläche mit den in der Nähe liegenden Waldungen in harmonische Verbindung: der Garten umschließt außer dem Schlosse große Oekonomiegebäude, prachtvollen Hof mit Baumanlage, schöne Auffahrt zum Schloß, großen Gemüse- und Obstgarten, Gewächshäuser ec., überhaupt alles, was auf dem Lande zum Komfort gehört. Die ganze Arbeit dauerte mehr als 2 Jahre und dürfte über 100 000 Mark in Anspruch genommen haben. Alles wurde auf eigene Regie, zumeist mit dem Hofpersonal, bewerkstelligt, und nur diesem Umstande war die billige Ausführung zuzuschreiben.

## Tulpenhof in Offenbach

Der jetzige Tulpenhof, Rittmeister von Kosel gehörend, war früher Eigentum eines Amerikaners, Namens Brouilly, der dort allerlei Lieblingsideen ausgeführt hatte. Herr von Kosel, ein echter Kavalier und humaner Menschenfreund, ließ durch die oft genannte Firma Mylius-Bluntschly eine großartige Villa in italienischem Stil erbauen, welche gleichzeitig einen prächtigen, kleinen Wintergarten, reizende Loggien nach dem Park, Balkons, Vorhallen u. s. w. enthielt. Der Besitzer hatte schon seit längeren Jahren einen Frankfurter Gärtner, Grünberg, für seine Blumenanlagen engagiert. Sein Freund Metzler riet ihm nun, seine Anlagen nicht von einem Gärtner ausführen zu lassen, der in solchen Arbeiten noch keine Erfahrung habe, sondern von einem tüchtigen Landschafter, und empfahl mich ihm. Herr von Kosel ersuchte mich, sein Gut zu besichtigen und mir die

Entwürfe von seinen Architekten vorlegen zu lassen, damit ich hiernach den Plan für die Anlagen dem der Villa anpassen könne. Der hohe Herr und die gnädige Frau empfingen mich in der liebenswürdigsten Weise, zollten meinen Projekten volle Anerkennung, und so führte ich denn alles, was sie wünschten, mit um so größerem Vergnügen aus. Der Plan wurde in aller Schnelle angefertigt, vorgelegt, und fand bei Auftraggeber und Architekten vollen Beifall. Nach einer Berechnung wurde gar nicht gefragt, und lustig ging es an die Arbeit. Was mir als Landschaftsmann zu statten kam, waren die von den füheren Besitzern herrührenden großen Bäume, Ueberreste von kleinen Burgen, Grotten, Erdanschwellungen und sonstigen Erdbewegungen. Diese günstige Situation setzte mich nun in den Stand, in den Vertiefungen eine größere Wasserfläche anzubringen, was dem ganzen Bilde einen erhöhten Reiz verschaffte. Die übrigen Weganlagen, Höhen, freien Plätze, Vorfahrt, bildeten nur Uebergänge nach den verschiedenen einzelnen Teilen des Gartens, der durch seine ästhetisch gezogenen Linien den Charakter eines schönen Landsitzes erhielt. Die Gelder wurden laut Rechnung ohne weiteres ausbezahlt; daß wir dabei nicht zu kurz kamen, versteht sich von selbst. Heute noch, nach 12 Jahren, ist Herr von Kosel ein geschätzter Kunde von uns und ein Gönner unserer Firma.

## Umber, Obstgarten in Laubenheim

Herr Umber, ein reicher Spekulant in Gütern, kaufte sich in Laubenheim eine kleine Besitzung mit ansehnlichem Ackerland und Weinbergen an. Zu seinem bescheidenen Landhaus vor dem Städtchen erwarb er sich ein Areal von etwa 12 Morgen, früher, wenn ich nicht irre, städtische Gänseweide, und beauftragte mich, ihm ein Projekt für einen Obst- und Ziergarten vorzulegen. Ich entwarf ihm in seinem Sinne einen Obstgarten in landschaftlichem Stil, in dem anstatt Ziersträucher (Koniferen) nur größtenteils Obstbäume Verwendung fanden.

In Deutschland sind die Obstkulturen und Obstgärten nicht Hauptsache, wie in Frankreich. Es ist überhaupt sehr zu bedauern, daß unsere Gärtner nicht genug die Obstzucht kultivieren. Dieses Feld der gärtnerischen Thätigkeit wird immer noch zu stiefmütterlich behandelt. Hoffentlich werden bald einsichtsvollere Fachleute an die Stelle der alten Gärtner treten; denn nur jene sind im Stande eine rationelle Baumzucht einzuführen, nicht allein in dem eigentlichen Obstgarten, sondern allgemein zur Förderung der Landwirtschaft, der durch Obstzucht unberechenbare Vorteile in Aussicht stehen.

Das ganze Terrain des Umber'schen Gartens wurde — der Brückenübergang und die kleine Weiheranlage, an deren Ufern nur ganz spärliches Gehölz stand, ausgenommen — mit Fruchtbäumen bepflanzt, namentlich Birnen und Aepfeln in Pyramidenform. Die Wände bekamen Spaliere mit Pfirsich und Aprikosen; als Standbäume wurden Mirabellen, Reineclauden, Zwetschen u. s. w. verwendet. Die übrigen Flächen sind gruppenweise mit Kirschen, Haselnüssen, Zellernüssen, Quitten, Mispeln ec. im landschaftlichen Stil angelegt. Diese bilden vermöge ihres freien Wuchses, da sie nicht geschnitten werden, prächtige und zierliche Laubgruppen, welche sich passend den Gehölzpartien anreihen. Sowohl in ihrer Blüthezeit als in ihrem Wachstum machen dieselben auf jeden Besucher, Kenner und Laien, einen erfreulichen und ganz aparten Eindruck, der durch die muldenartige Formation des Bodens noch verstärkt wird. Herr und Frau Umber, schlichte und freundliche Leute, erzählen mir jedesmal, wenn ich sie besuche, von ihren reichen und prächtigen Obsternten, denen Jedermann Bewunderung zolle, sowohl in Bezug auf Sorten und Massen, als auch auf die enorme Größe der Frucht. Wäre es nun nicht lohnend für einen jeden praktisch und theoretisch gebildeten Gärtner diesem Beispiele zu folgen und die Obstkulturen zu fördern, wie dies in Frankreich schon lange geschieht? Ich habe in den letzten Jahren außer diesem noch verschiedene Obstgärten in französischem Stil ausgeführt, welche allerwärts ungetheilten Beifall finden. Sie sind in der Form der Bäume und im Stil echt französisch und sehen infolge ihrer strengen Regularität, sowohl in Kreis- als gerader Form, mit ihren scharfkantigen Buxeinfassungen allerliebst aus. In diesen Gärten befinden sich kunstgerecht gezogene Säulen- und Pyramidenbäume, Schnurbäume (Kordons), Spalierbäume, hochstämmige, halbstämmige und Fächerbäume; ferner Beerenobst, als: Stachel- und Johannisbeeren, in Kugelform gezogen, Himbeeren, Haselnüsse, Quitten, Maulbeeren, frei gezogen, an den für sie passendsten Stellen. Diese Art Obstgärten eigenen sich für Jedermann, da hiermit auch gleichzeitig Erdbeeren- und Gemüsekulturen verbunden werden können, namentlich, wenn der Gärtner nicht vergißt, daß man auch mit Gemüse durch die Wahl der Farbe, Höhe und Form recht viele, für das Auge gefällige Abwechselung erzielen kann. Ich kann daher dieses System nicht genug empfehlen.

## Schloß Langenzell in Heidelberg

Früher gehörte dies Schloß einem Sohne des Kurfürsten von Hessen, dem Grafen Wilhelm von Reichenbach-Lessonitz, der schon in den Jahren 1846–1848 dies umfangreiche, bedeutende Landgut besaß, überhaupt Liebhaber von Gärten, größeren Parks und der Landwirtschaft war, wie alle Mitglieder der Reichenbach'schen Familie. Der junge Graf ließ damals, als er noch in Heidelberg studierte, in der Nähe seines Wohnsitzes (großes Herrschaftshaus) von Garteninspektor Metzger eine nicht unbedeutende, an einem kleinen Bach liegende Parkanlage ausführen, welche günstig aufgestellte Baumgruppen mit Sitzplätzen und gut durchzogenen Weglinien zierten. Leider starb der junge

Graf in der Blüte seiner Jahre und hinterließ eine Witwe und eine Tochter, welch' letztere später den heutigen Inhaber des Besitztums, den Fürsten von Löwenstein heiratete. Der Fürst ließ nun ein neues Schloß auf einer ansehnlichen Berghöhe durch Mylius-Bluntschly im Renaissancestil ausführen. Er begnügte sich einstweilen mit dem Schloß und dem kleinen älteren Park, weshalb dasselbe oben auf dem Berge, rings von Weizenfeldern umgeben, längere Jahre verwaist liegen blieb. Auf wiederholtes, aus Gesundheitsrücksichten erfolgtes Anraten seines Leibarztes Professor Dr. von Chelius in Heidelberg, seine Anlagen doch zu verbessern, ließ mich der Fürst nach dort kommen. Er hörte meine Ansicht bezüglich Erweiterung seines Parkes und, da er Gartenliebhaber und technisch gebildeter Landwirt ist, begriff er mich leicht. Meine Ansichten bezüglich der Lage des neu zu arrangierenden Terrains machten ihm viel Freude, besonders als ich mich frei und offen äußerte über die größeren Bäume, die er selbst da und dort auf wenig passenden Stellen angebracht hatte. Ich wurde nun beauftragt, meinen Plan zu entwerfen, notierte mir seine und seiner Gemahlin Wünsche in Betreff der anzubringenden Sitzplätze und der Promenaden, welche die Herrschaften gerne passierten, und legte ihnen binnen kurzer Frist ein ausführliches Projekt mit den nötigen Profilen vor, das von dem Fürsten und dessen Leibarzt genau studiert wurde und im Großen und Ganzen gut gefiel. Er verlangte in der freundlichsten Weise einen approximativen Voranschlag, den ich ihm alsbald persönlich in Frankfurt a. M. überreichte. Nachdem er nun einen Blick darauf geworfen, erwiderte er: „Ich habe gern mit runden Zahlen zu thun und bewillige Ihnen für Ihre Technik rund 3000 Mark, mit allem Uebrigen bin ich einverstanden, ich verlasse mich ganz auf Sie und beauftrage Sie hiermit, die Ausführung zu beginnen!" Damit säumte ich auch nicht lange. Die Lieferungen bezifferten sich auf 36 000 Mark, welche nicht überschritten wurden. Die Terrainarbeiten (Brücken, Felsen, Schleußen) erforderten ca. 75 000 Mark. Dem Fürsten machte das energische Eingreifen gleich von vornherein viel Freude; hierdurch rechtfertigte ich die Empfehlung seines Leibarztes. Der hohe Herr blieb mir bis heute wohlwollend gesinnt und zahlte, was bei uns Geschäftsleuten die Hauptsache ist, prompt bis auf den letzten Pfennig. Seine Liebhaberei, die er bei den Arbeiten bekundete, ging so weit, daß er selbst mit Hand anlegte und sich freute über die rasche Umbildung seines monotonen, unschönen Geländes in reizende Thäler, Fernen und Höhen. Der alte und neue Park, Oekonomiehof, Schloß, Gashaus, Eiskeller u. s. w. wurden stilgerecht landschaftlich gruppiert, das kleine, grabenartige Flüßchen in Bachform teichartig umgeschaffen und gleichzeitig zu einer Kaskade verwendet, die sehr zur Mannigfaltigkeit der landschaftlichen Schönheit beiträgt. Den Hauptfahrweg habe ich an die untere Rampe des Parkes gelegt. Derselbe führt direkt in achtprozentiger Steigung auf den Vorhof des Schlosses. Die übrigen kleinen Fuß- und Promenadenwege laufen auf die interessantesten Punkte des Parkes aus: nach den Wasseranlagen, Brücken, der Kaskade. Dieselben durchschneiden hier und da die Bergrampen, die durch Treppenanlagen, Felsblöcke, kriechende und Schlingpflanzen landschaftlich gruppiert sind, was ungemein zur Abwechselung beiträgt.

## Legationsrat Freiherr von Stumm, Holzhausen bei Marburg

Herr Legationsrat Freiherr von Stumm, ein feingeschulter Diplomat, vorzüglicher Zeichner, sowie geistig talentierter, mit schöpferischen Ideen begabter Kavalier, zugleich Altertumsforscher und Sammler, welch' letztere Eigenschaft er sich auf seinen großen Reisen im Orient erwarb, siedelte sich bei Marburg in einem kleinen Dorfe Holzhausen an und kaufte dazu ein großes Areal von etwa 3000 Morgen, bestehend aus Wald, Wiesen und Feldern, ließ durch den bekannten Gothiker Schäfer in Marburg nach seiner Zurückkunft aus Amerika einen Entwurf für ein großartiges, gothisches Schloß mit Ringmauern, Vorhof, Aussichtsturm projektieren, nachher aber durch Mylins-Bluntschly zur Vollendung bringen, da jener die Arbeit nicht förderte. Als nach Erwerb des Grundeigentums der Baumeister seine Fundamente auf der Bergeshöhe ausgeführt hatte, schritt Herr Legationsrat auch zu den Gartenanlagen, bezüglich deren er mich beauftragte, mich selbst am Platze zu informieren und seine Wünsche entgegen zu nehmen. Ich besichtigte den alten Oekonomiehof mit Landhaus, den Platz auf dem das neue Schloß zu stehen kam, sowie die Ausdehnung der ganzen Anlage. Ich hatte nun einen Plan zu entwerfen, der namentlich im Großen und Ganzen seinen Ideen entsprechen sollte. Es wurde dabei ganz besonders Wert darauf gelegt, daß aus dem Dorfe ein großer Fahrweg durch die Oekonomie nach dem Schlosse führe. Der Schloßhof mit seinen Ringmauern wurde so groß, daß er recht gut als Wendeplatz dienen konnte. Von da mußte nun der verlängerte Fahrweg nach den angrenzenden Waldpartieen gezogen werden, damit man zu Wagen auf die schönsten Punkte des großen Waldes gelangen und somit eine Rundfahrt um denselben vornehmen konnte. Das Schloß steht auf einer nicht unbeträchtlichen Höhe, doch sind die Fernsichten gerade nicht die schönsten zu nennen, da sich das muldenartig geformte Thal bis zur Amöneburg hinzieht, die wohl als einzig hervorragender Punkt in nächster Umgebung genannt werden kann. Das übrige sind kleine Dorfschaften, die aber natürlich auch nicht ganz des landschaftlichen Reizes entbehren.

Der eigentliche, neu anzulegende Park ist ca. 50 Morgen groß, schließt sich unmittelbar dem Walde an und gewinnt dadurch sehr an Mannigfaltigkeit. Er ist infolge dessen auch ganz den Waldanlagen angepaßt und hainartig gehalten. Von sehr guter Wirkung ist hier ein kleiner Bach, der von der Höhe kommt, den Park anmutig durchzieht und kaskadenartig mit dem kleinen Flüßchen in Verbindung steht. Herr Legationsrat, kein Freund von kleinen Bäumen und Sträuchern und auch im Kostenpunkte nicht allzu ängstlich, ließ Hunderte von großen Bäumen (Eichen, Buchen, Tannen, Linden ec.) aus seinen Forsten mit der Maschine nach der neuen Anlage schaffen, um derselben gleich ein fertiges Aussehen zu geben. Wir arbeiteten mit 40–50 Leuten volle drei Jahre, da bedeutende Auf- und Anschüttungen zu bewältigen waren, und der Baumtransport aus nicht geringer Entfernung viel Zeit in Anspruch nahm. Das Ganze wurde zur vollen Zufriedenheit fertiggestellt und ist heute eine Zierde der dortigen Gegend.

## Schloßpark Rauischholzhausen

### „Gute Stube" der Universität

Rauischholzhausen wurde erstmals 750–779 im Urkundenbuch des Klosters Fulda erwähnt. Zunächst war es ein Lehen der Herren von Eppstein, bis es 1330 der Erzbischof von Mainz den Herren von Schröck übertrug, die sich fortan Freiherren Rau von Holzhausen nannten.

Als Hessen 1866 preußisch wurde, lehnte der letzte Rau den Übertritt in die preußische Armee ab und verkaufte 1873 den ganzen Besitz an Ferdinand von Stumm (1843–1925), der bis 1892 in diplomatischen Diensten des Kaiserreiches stand. Stumm gehörte zu der bekannten Industriellenfamilie Stumm aus Neukirchen im Saarland.

In der Zeit von 1873–1878 wurde das Schloß Rauischholzhausen erbaut. Bereits vor Baubeginn des Schlosses begannen die Planungen und die Anlage des Schloßparks 1873. Das Hauptgebäude, nach Art eines „Klein Potsdam" ganz auf Repräsentation ausgelegt, wurde 1878 fertiggestellt. Stumm wurde von Kaiser Friedrich 1888 in den erblichen Adelsstand (Freiherr) erhoben. Das Gut wurde 1934 an die Kerkhoff-Stiftung

97

*Abbildung 13*   Rauischholzhausen Schloß Südansicht

in Bad Nauheim verkauft, von der es die Universität Gießen pachtweise übernahm, um Versuchsfelder einzurichten.

Der Wald wird an den Herrn von Waldhausen-Gersfeld, das Schloß mit Park an die Volkswohlfahrt verkauft. 1945 fallen Schloß, Park und Gut dem Land Hessen zu und werden der Universität Gießen zu wissenschaftlichen Zwecken zur Verfügung gestellt. (Nach *Franz Kaiser, Ebsdorfergrund*).

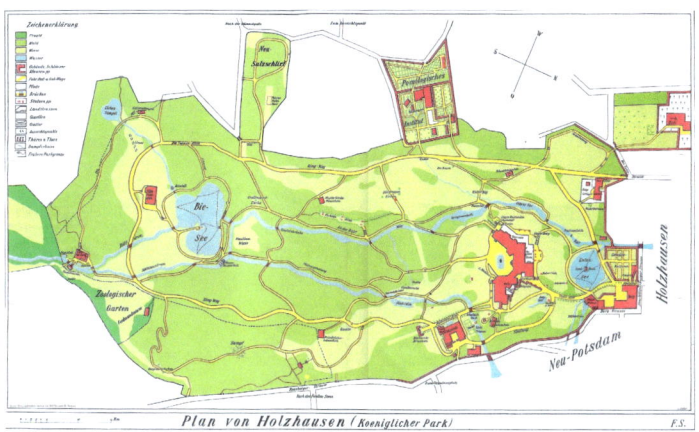

*Abbildung 14* Rauischholzhausen Plan der Parkanlage

Der Schloßpark in Rauischholzhausen ist heute Kulturdenkmal im Sinne des Hessischen Denkmalschutzgesetzes. Ein Glücksfall ist der Erhalt des reichgegliederten historistischen Schloßbaus, der zusammen mit dem großzügigen Park im Stil englischer Landschaftsgärten ein bedeutendes Gartendenkmal Hessens darstellt. Einige Ausstattungsobjekte erinnern an die einst reiche Ausstattung von Park und Schloß, die der kundige Kunstsammler von Stumm auf seinen zahlreichen Reisen zusammengetragen hatte.

Annähernd 300 verschiedene Baum- und Gehölzarten sind hier im Park zu finden. Zwei Bachläufe, die an mehreren Stellen zu Teichen aufgestaut sind, durchziehen den Park.

Das Schloß Rauischholzhausen ist Tagungsstätte und Veranstaltungsort für zahlreiche Lehrgänge, Kongresse, Symposien und Seminare. Die Schloßfestspiele im Sommer sind Anziehungspunkt für eine Vielzahl von Gästen. Der Park steht Besuchern kostenfrei offen.

# Baron Dr. Wilhelm von Erlanger in Ingelheim a. Rh. (Villa Carolina)

Dieselbe gehörte früher Banquier Klotz aus Frankfurt. Die Besitzung war ein kahler Bergrücken mit einem mittle-

99

ren Landhaus, welches Herrn Klotz als Sommeraufenthalt diente. Der neue Besitzer, Herr Dr. von Erlanger, ließ die Villa umbauen und begnügte sich in den ersten Jahren mit der vorgefundenen dürftigen Anlage, die von Handelsgärtnern in Mainz bearbeitet und auch vergrößert wurde, aber namentlich dem Geschmack der Frau Baronin, einer geborenen von Bernus, nicht entsprach. Man beauftragte mich, ihr Vorschläge zu machen und einen Plan zu entwerfen. Dies geschah und der Plan wurde acceptiert. Die Arbeiten der Mainzer Gärtner mußte ich zum größten Teile umarbeiten und die von ihnen gemachten Anpflanzungen beseitigen. Dies machte mir anfangs viel Verdruß. Da Herr Baron von Erlanger derartige Arbeiten in ihren Ausführungen zu wenig kannte, wurde er ungeduldig, und ich hätte beinahe die ganze Arbeit einstellen müssen, wenn nicht sein Schwiegervater Herr von Bernus, wieder vermittelt hätte. Je weiter aber meine Arbeiten voranschritten, umso größeres Interesse fanden sie von Seiten des Herrn Baron. Es wurden bedeutende Wasseranlagen gemacht, Kaskaden, Brücken, Höhen, nicht unbedeutende Felsarbeiten mit kolossalen Blöcken angelegt, und heute ist der Platz eine der elegantesten Besitzungen am ganzen Rhein geworden, sowohl was Hochbauten, als auch die Gartenanlagen betrifft. Da auf der Besitzung viel Fremdenverkehr ist, und fortwährend Besuche aus allen Richtungen ankommen, so brachte mir diese Arbeit bedeutende Kundschaft, und der Herr Baron ist heute noch von meiner Arbeit begeistert. Zum Zeichen seiner Zufriedenheit schenkte er mir ein Album mit seiner Photographie und derjenigen seiner Gemahlin, später auch Photographien meiner gärtnerischen Schöpfungen.

# Gail'scher Park und Villa

*Abbildung 15*   Gail'scher Park Villa

Der denkmalgeschützte Park der Villa Gail im Biebertal ist ein hervorragendes und außergewöhnlich gut erhaltenes Beispiel für die Parkgestaltung im späten 19. Jahrhundert. Neben der am höchsten Punkt des Areals gelegenen Villa des Gießener Tabakfabrikanten Wilhelm Gail gibt es zahlreiche besondere Parkbauten zu sehen, wie zum Beispiel Schweizerhaus, Teichhaus, Keramiktürmchen und Spielhaus, welche an geschickt ausgewählten Orten plaziert wurden und durch zahlreiche Blickverbindungen untereinander in Beziehung stehen. Auf engstem Raum — der Park umfaßt ca. 3 ha — wurden hier die gartenkünstlerischen Gestaltungsprinzipien dieser Zeit umgesetzt.

Die Parkanlage wurde von Heinrich Siesmayer begonnen, spätere Erweiterungen stammen von dem Frankfurter Gartendirektor Andreas Weber (1832–1902). Der Architekt der Villa, Franz von Hoven, hatte bereits früher mit Heinrich Siesmayer zusammengearbeitet. Die Handschrift Heinrich Siesmayers lässt sich in der Formung des Geländes und des Teiches sowie der konzipierten „Bildfolge" und der Gruppierung der Felsen wiederfinden.

*Abbildung 16*   Gail'scher Park Rasenmulde

Pflegemaßnahmen in Absprache mit der Denkmalpflege werden von den Mitgliedern des „Freundeskreis Gail'scher Park e.V." durchgeführt. Der Park ist an Wochenenden geöffnet. Führungen werden vom Förderverein angeboten.

# V. Von 1880 bis heute

In diesem Zeitraume dürften noch einige größere Ausführungen zu erwähnen sein. Unter anderen nenne ich : **Die große Parkanlage des Baron von Riedesel, Schloß Sickendorf bei Lauterbach in Oberhessen,** ca. 45 Morgen in englischem Parkstile gehalten. Große Reit- und Fahrwege, Wasseranlagen, Kaskade, Brücke, Felsanlagen, nebst prächtigem Schloßbau, der geschickt mit dem großen Oekonomiehof verbunden ist, geben dem Ganzen das Gepräge eines großartigen, feinen Landsitzes. Das neue Schloß mit Oekonomie steht auf einer anmutigen Höhe, von wo aus man die prächtigen Gebirgszüge des Vogelsberges in reicher Mannigfaltigkeit erblickt.

Ferner **der Stadtpark in Hagen**, ca 50 Morgen, mit großen Fahr- und Fußwegen aus der Stadt, freien Plätzen, Restaurationsgebäude mit bedeutenden Terrassenanlagen u. s. w.

Eine bedeutende und sehr interessante Arbeit waren die Anlagen für die

## Patent- und Musterschutz-Ausstellung 1881 zu Frankfurt a. M.

Als im Jahre 1880 zum ersten Male die Idee einer in Frankfurt a. M. abzuhaltenden, größeren Ausstellung laut wurde, erhoben sich gegen dieses Projekt viele Stimmen. Nach langem Hin- und Herstreiten wurde man schließlich darüber einig, daß es eine allgemeine deutsche Patent- und Musterschutz-Ausstellung geben sollte. Es schloß sich dieser Idee auch die Gartenbaugesellschaft an, und, weil deren Präsident nicht Gärtner, sondern ein höherer Offizier war, wählte man mich in einer Sitzung einstimmig zum Vizepräsidenten. Ich zögerte anfänglich, diesen Posten anzunehmen, da mir derselbe meines damals eingetretenen Augenleidens halber zu anstrengend schien, und hielt mir einige Tage Bedenkzeit aus, um mir die Sache zu überlegen und mittlerweile Einsicht in die diversen Situationspläne zu nehmen. Nach wiederholter mündlicher und schriftlicher Auseinandersetzung und auf ausdrücklichen Wunsch meiner Kollegen übernahm ich im Oktober 1880 die Vizepräsidentenstelle. Ich setzte mich nun in's Benehmen mit dem betreffenden Architekten über Stellung der verschiedenen Gebäulichkeiten : Kunsthalle, Maschinenhäuser zum Betriebe, balneologische Halle, Fürstentempel, Aussichtsthurm, die verschiedenen Cafés, Restaurationen, Bierhallen und eine Menge anderer Anlagen. Nach genauer Information und eingehender Prüfung auf dem Terrain selbst besprach ich mich nun mit meinen Kollegen und den verschiedenen Komiteemitgliedern und schritt nach vorhergegangenem Nivellement der Gesamfläche, den verschiedenen Angaben und Wünschen Rechnung tragend, zu einem vorläufigen Projekte, sowohl über die Stellung der Bauten und Wasseranlagen, wie über die gärtnerischen, ausgedehnten Arbeiten. Das Projekt wurde der Bau- und Garten-Kommission vorgelegt und nach wenigen kleinen Abänderungen genehmigt. Das ganze Terrain enthielt eine Fläche von 67 Feldmorgen oder 136 000 qm, auf der Nordseite des Palmengartens bis zur Villa Leonhardsbrunnen. Sie bot im Ganzen wenig Abwechslung und hatte nur den einen Vorteil, daß das Terrain nach Westen leicht ansteigend war, was sich mir insofern von Vorteil erwies, als diese Anhöhe geeigneten Platz bot für das Hauptgebäude, das auf einer breiten Terrasse stand, zu der Freitreppen und, an den Seiten geräumige Rampen emporführten. Dies alles nahm eine Bodenfläche von 21 000 qm ein, bildete somit fast den ganzen westlichen Teil des Ausstellungsgeländes. Die Terrasse war geziert mit zwei nicht unbedeutenden Schalfontainen, umgeben von Blumen und Ziergewächsen, die von unten gesehen einen malerischen Anblick boten und nicht wenig zum imposanten Aussehen beitrugen. Zur rechten und linken Seite der großen Freitreppe, längs des

Ausstellungspalastes, das Ganze als blühender Gürtel umgebend, prangten breite Blumenrabatten, so daß der Ueberblick von der großen Terrasse nach der balneologischen Ausstellung hin, über die verschiedenen Kaskaden und harmonisch angebrachten Blumenparterres, einen großartigen Eindruck gewährte. Ueberhaupt gab die ganze Anlage mit mehr als 30 größeren und kleineren Bauten in den verschiedensten Stilgattungen, geschickt unterbrochen durch Fahr- und Fußwege, schön geformte Bodenflächen, leichte Erhöhungen, Wasserfälle u. s. w. ein in mannigfach belebten Formen prächtiges Bild, und von In- und Ausländern wurde häufig bemerkt, daß die gärtnerischen Anlagen das gelungenste der Ausstellung seien.

Was nun das Terrain der eigentlichen Gartenbau-Ausstellung betrifft, so wählten wir hierfür die Villa Leonhardsbrunnen, die mit verschiedenen Gewächshäusern und Baumanlagen versehen war und uns daher für diese Zwecke ganz besonders gute Dienste leistete. Daran reihten sich die Modellgärten, als: Französisches Blumenparterre, Englisches Blumenparterre, Rosengarten, Forstgarten, Landwirtschaftlicher Garten, Botanischer Garten, Gemüsegarten, Französischer Obstgarten, Versuchsgarten, Irrgarten und Berggarten. Letzterer war mit die originellste Leistung auf dem Gebiete der landschaftlichen Gartenkunst in meiner 59jährigen gärtnerischen Thätigkeit, und soll nun dieses kleine Modell, in 15facher Vergrößerung, im „Neugarten" des Palmengartens den Glanzpunkt der dortigen Parkanlage bilden und demnächst zur Ausführung kommen. Die kleine, 5/4 Morgen haltende Fläche war monotones, ebenes Ackerland. Derselben den Gebirgscharakter zu verschaffen, war nicht ohne bedeutende Geldmittel und Schwierigkeiten zu erreichen; doch wurden auch hierbei die Arbeiten in verhältnismäßig sehr kurzer Zeit und zu allgemeiner Zufriedenheit bewältigt. Die Tunnelanlage, Brücke, kleine Kaskade mit Schilf, dunkelen Nadelhölzern und sonstigen Wasser- und Uferpflanzen besetzt, die verschiedenen Felsblöcke und Sennhütten, malerisch verteilt, das Gehege für Wild u. s. w. machten einen überraschenden Eindruck, wesentlich gehoben dadurch, daß dem Besucher dieser Gebirgsgegend nach nicht allzugroßer Anstrengung oben auf dem Höhepunkt, in einer dort angebrachten bayerischen Bierhalle, bei gutem Stoffe labende Erfrischung winkte. Den Hauptanziehungspunkt in diesem Teile bot die elektrische Bahn, damals etwas ganz Neues. Sie hielt das Publikum in fortwährender Spannung, da vielfach Abwechslung geboten war durch die drei künstlich angelegten Tunnels, die Böschungen, welche die Bahn 6, 8 bis 10 Meter hie und da durchschnitten und die sonstigen Höhen und Buchten. Es gab somit ein treues Bild aus der Natur im Gebirgscharakter, die Silhouette aus dem Haardtgebirge entnommen. Der an dem großen Fahrweg gelegene Halteplatz, mit einigen Naturbänken versehen, war immer dicht gefüllt, und es gab jedesmal jubelnde Begrüßung, zwischen Insassen und Zuschauern, wenn ein Tunnel passiert wurde; so günstig wirkte die kleine Gebirgslandschaft.

Die übrigen Modellgärten wurden ebenfalls mit großem Interesse in Augenschein genommen, da keine Ausstellung in Deutschland, Frankreich oder England solche aufzuweisen hatte. Ich habe dieselben nur ihrer Originalität wegen hier zur Schau gebracht und ich bin sicher, daß dieselben später bei anderen Ausstellungen in größeren Dimensionen ausgeführt werden dürften, wozu uns hier das nötige Terrain mangelte.

Zu der Gesamtausstattung wurden große Massen von Bäumen und Sträuchern verbraucht; denn hier konnten wir nur dichte Pflanzungen verwenden, um ansehnliche Gruppen zu erzielen. Viele größere Alleebäume mußten mit der Maschine transportiert werden, was große Mühe und Zeitaufwand beanspruchte. Durch kräftige Exemplare sollte dem Garten gleich ein fertiges Ansehen gegeben werden. Sämtliche Riesenarbeiten mußten in der verhält-nismäßig kurzen Zeit von drei Monaten bewältigt werden, da uns der damalige strenge und anhaltende Winter bis in den März zurückhielt. Die strenge Kälte war auch na-mentlich für die Terrainarbeiten ein großes Hindernis, wel-che Arbeiten noch wesentlich erschwert wurden durch die kolossalen Erdmassen, die wir uns zur Anschüttung der großen Terrasse und sonstigen Höhenanlagen durch Aus-schachtung des Weihers und verschiedener größerer und kleinerer Bassins verschaffen mußten. Doch dies machte mir gerade viel Vergnügen, da alle Parforcearbeiten von jeher zu meiner Liebhaberei gehören.

Durch diese meine Ausführungen erwarb ich mir un-ter den ersten Fachleuten im Vaterlande für hervorragende Leistungen auf dem Gesamtgebiete der Gartenkunst den ersten Preis, bestehend in einer großen goldenen und sil-bernen Staatsmedaille.

So schön und interessant nun auch die Arbeiten aus-fielen, war das Ende finanziell doch ein recht klägliches, nicht allein für die Gärtner, sondern überhaupt für jeden Beteiligten. Es war nicht allein der Verlust des Geschäfts-aufwandes zu beklagen, welche Opfer man bei solchen Ge-legenheiten ja gerne bringt, sondern auch der des fatalen Garantiefonds, und hierzu gesellte sich noch namentlich bei uns die bedeutenden Massen von Lieferungen an Bäu-men und Sträuchern, wofür wir und viele andere nur einen kaum nennenswerten Prozentsatz erhielten. Trotzdem wir in den Komitees die klügsten und rationellsten Kaufleu-te, sowie Finanziers erster Größe hatten, machten wir ein glänzendes Fiasko, welches jedem Frankfurter sicher so-bald nicht aus dem Gedächtnisse schwinden wird!

Nun komme ich auf meine Lieblingsschöpfung zu spre-chen, nämlich

## Elisabethenhain bei Vilbel

und mag diese den Abschluß der Beschreibung meiner gärtnerischen Leistungen bilden.

Es war von jeher mein Wunsch es einmal so weit zu bringen, ein Besitztum für größere Baumschulanlagen mein eigen zu nennen. Dieser Gedanke beschäftigte mich fort und fort und hat sich erst nach Jahren in dem Vilbeler Anwesen „Elisabethenhain" verwirklicht. 48 Jahre habe ich im eigenen Geschäfte gebraucht, um diese meine Lieblingsidee zur Ausführung bringen zu können. Wie ich dazu kam und unter welchen Mühen ich es erworben habe, sei im Nachfolgenden dargethan; doch muß ich in der Zeit weit zurückgreifen, um klares Verständnis hierfür zu geben.

Als ich mich verheiratete, legte ich die wenigen Gelder, die ich als Mitgift von meiner Frau erhielt, nicht im Geschäfte an, wie dies ja üblich ist, obwohl ich sie nötig hätte brauchen können. Da nämlich böse Zungen mir nachsagten, ich heirate diese schöne Tochter nur des Vermögens halber, so geriet meine gute Schwiegermutter, die mich ja noch nicht genügend kannte, darüber ganz außer Fassung, und erst, als ich sie versicherte, eine solch' nichtswürdige Denkungsweise liege mir ganz ferne, und sie inständig bat, mir ihre Tochter ohne alle Mittel zu geben, beruhigte sie sich und gab mir mit vollem Vertrauen ihre geliebte Tochter. Das kleine Kapital meiner Frau aber war mir nun ein Heiligtum, das anzutasten mich nichts bewegen konnte, obwohl ich damals das Geld im Geschäfte so nötig brauchte, wie das liebe Brod. Ich bemühte mich vielmehr es günstig anzulegen. Da mir dies bei Bankiers nicht nach Wunsch gelingen wollte, entschloß ich mich, es in Ländereien oder Bauplätzen an den Hauptlinien Bockenheims anzulegen, was sich auch von großem Vorteil erwies. Durch die Kriegsereignisse des Jahre 1866 gewann unser hiesiger Grund und Boden ganz bedeutend an Wert, und so verkaufte ich unter den allergünstigsten Bedingungen ca. 18 größere und kleinere von den genannten Bauplätzen, die per Quadratfuß bis zu 6 Mark bezahlt wurden, während sie mich beim Ankaufe zum Teil kaum 3 Kreuzer per Quadratfuß gekostet hatten. Für die hieraus erlösten Gelder kaufte ich mir größtenteils österreichische Nationalpapiere unter dem allerniedrigsten Kurs, behielt diese und andere eine Reihe von Jahren und verkaufte dann dieselben, namentlich die Oesterreicher, unter günstigem Kurs, um 33 Prozent höher, wodurch sich mein Kapital ganz bedeutend vermehrte.

Diese Glücksgelder meiner guten, unvergeßlichen Frau setzten mich in den Stand, meine Lieblingsidee zur Ausführung zu bringen, weshalb auch ihr Andenken im Namen „Elisabethenhain" für mich und meine Kinder fortleben wird!

Um ein derartiges größeres Grundstück zu erwerben, unterhandelte ich mehrere Jahre verschiedentlich in Bockenheim, Rödelheim, Oberrad, Offenbach und Marburg. Es kam jedoch keiner dieser Ankäufe zustande, worüber ich heute recht froh und glücklich bin. Ganz durch Zufall wurde ich auf Vilbel aufmerksam gemacht von einem von dort gebürtigen Bekannten Namens Simon, den ich auf meinen Fahrten nach Nauheim, die ich so ziemlich jeden Samstag seit 34 Jahren unternahm, öfter zum Reisegefährten hatte. Ich unterhielt mich mit ihm über den Ankauf von Grundstücken, und an dem Gelände von Vilbel vorbeikommend meinte er, dies sei wohl ein Grundstück, meinen Wünschen entsprechend. Er verhehlte mir dabei nicht, daß es Gräflich Walderdorff'sches Fideikommiß sei und deshalb schwer zu erwerben sein werde, daß es auch wegen der guten Lage an der Bahn viel Geld koste, doch würde mir der Ankauf schon gelingen, wenn ich es geschickt anfange. Bei allen meinen Unternehmungen ist es mir nun stets eigen gewesen, nicht lange zu fragen und zu zögern, sondern mit Gott zu wagen. Ich setzte mich noch am gleichen Tage mit der Gräflich Walderdorff'schen Rentei in Molsberg durch Herrn Finanzrat Lindeck, den ich zufällig in

Nauheim an der Tafel traf, in Verbindung. Dieser mein Bevollmächtigter unterhandelte lange; da aber enorme Preise gefordert wurden, die ich nicht zahlen konnte, war ich genötigt, vorderhand die Sache ganz fallen zu lassen. Nach mehr als einem Jahre griff ich dieselbe von Neuem wieder auf, unterhandelte jetzt mit einem sehr praktischen gräflichen Beamten, dem Oberverwalter Stahl in Kloppenheim, dem ich persönlich meine Absicht kund gab und dabei bemerkte, daß ich, als Geschäftsmann, solch' geforderte Riesensumme nicht zahlen könne. Nach darauf erfolgter Verminderung des erstgeforderten Preises wurde der erste Ankauf von ca. 43 Morgen perfekt und amtlich — den 7. April 1877 — abgeschlossen.

Um das Grundstück besser zu arrondieren und mir die Ab- und Zufahrt zu sichern, mußte ich eine kleine Parzelle mit Wohnhaus und Oekonomiegebäude, dicht an der Bahn, kaufen, den eigentlichen Schlüssel zur heutigen Baumschule. Dies kam mir aber teuer zu stehen, da der Besitzer mein Vorhaben vor der Zeit erkannte und deshalb außerordentlich hohe Forderungen stellte. Ich habe daher auch alles auf Interimsscheine durch andere erwerben lassen, um mich nicht vorher als Eigentümer zu gerieren. Bis zur völligen Arrondierung erwarb ich je nach meiner Finanzlage in Zwischenräumen 18–20 Parzellen, so daß das Anwesen heute ca. 60 Normal-Morgen enthält. An der Ostseite wird es begrenzt von einem Fahrweg nach Berkersheim, der später Bauterrain wird. Westlich liegt es dicht an der Main-Weser-Bahn, von wo aus das ganze Grundstück gut zu übersehen ist, da es an einem leichten Abhange liegt und sich so malerisch präsentiert. Darauf legte ich als Landschafter mein Hauptaugenmerk, und diese schöne Lage ist auch von wesentlichem Vorteil für den Handel, da Hunderttausende von Menschen hier mit der Bahn an dem Grundstück vorüberfahren und durch einen in der Mitte angebrachten, thorartigen Bogen, der die Firma mit den

Wappenschildern trägt, darauf aufmerksam gemacht werden. Die ganze Anlage mit einer der Bahn zugekehrten, 1 Kilometer langen Front ist als großer Garten im Strahlensystem, nicht, wie es sonst üblich, in Carrés angelegt. Ein Hauptübelstand war, daß ein schon seit Jahrhunderten bestehender Vicinalweg das Grundstück in zwei Hälften teilte und mein Projekt vollständig in Frage stellte. Wie immer rasch entschlossen, machte ich mich sofort an den Gemeindevorstand in Vilbel, durch meinen braven Vertreter Grimm dortselbst, wurde jedoch abgewiesen. Ich ließ mich aber nicht beirren, appellierte 6–8 Monate lang, mein Vorbringen erneuernd, und nach langem Ringen bei den verschiedenen Behörden in Friedberg, Kassel, Darmstadt (ich sprach sogar bei dem Großherzog vor) erlangte ich die Verlegung des Weges gegen einen anderen, breiteren, auf meine Kosten chaussirten Fahrweg außerhalb des Grundstückes, unter schweren Opfern.

Am 29. August 1883, als das ganze Areal eingefriedigt war, unternahm ich die ersten Terrainarbeiten, und zwar die großen Fahr- und Fußwege, welch' letztere grüne Wege, wie in England, sind, mit Rabattenanlagen und Wendeplätzen. Die Linien wurden teils mit hochstämmigen Obstbäumen in Abwechselung von Pyramiden, Kordons, teils mit Zierbäumen und Ziergehölzern u. s. w. bepflanzt, während auf die umrigolten Felder Setzlinge für Baumschulanlagen kamen. Bei diesen Arbeiten wurden auch noch interessante Entdeckungen gemacht, die sich den früheren Ausgrabungen in dieser Gegend anreihen. Es wurden viele historisch wertvolle Fundstücke zu Tage gefördert, die wohl mehr als tausend Jahre im Schoße der Erde geruht, Särge, Thonstücke, Münzen, Pokale. Sie siedelten alle zur Aufbewahrung in das Museum nach Darmstadt über. Sogar die noch recht gut erhaltenen Ruinen eines Römerbades kamen zum Vorschein und können dortselbst noch gesehen werden.

Ich habe dieses Etablissement für meine drei Söhne bestimmt. Wenn Gott will, soll einer derselben, der als

Spezialist Obstkulturen in deutschem, französichem und englischen System studiert, das Ganze mit seinen Brüdern leiten, die Baumschule führen, und in meinem Sinne erweitern, um dereinst mit Franzosen, Holländern, Belgiern in deutscher Anzucht, was Schönheit der Form, Aechtheit und Qualität betrifft, in ebenbürtige Konkurrenz treten zu können, da ich der festen Überzeugung bin, daß wir der fremden Elemente nicht bedürfen.

Das Anwesen besitzt bis jetzt an ausdauernden Koniferen 200 diverse Sorten, allein ca. 100 Sorten Quercus, mehr als ca. 500 Sorten Bäume aller Gattungen als: Acer, Tilia, Platanus, Liriodendron, Bignonia, Fraxinus, Fagus, Ulmas. Ferner ca. 1500 Sorten Ziergehölze, worunter die allerneuesten 50–60 Sorten Schling- und kriechende Gewächse, 100 Sorten Tafelobst, Aepfel und Birnen, ca. 30 Sorten Oekonomieobst (Mastobst), ca. 30 Sorten Steinobst: Mirabellen, Zwetschen u. s. w., ca. 100 Sorten diverses Beerenobst: Stachelbeeren, Johannisbeeren, Brombeeren, Mispeln u. s. w., ca. 100 Sorten hoch- und niederstämmige Rosen, ca. 20 Sorten kriechende und Schlingrosen.

Sämtliche Sortimente eingeführter Bäume, Sträucher, Koniferen, Obst und dergleichen bleiben als Solitär- resp. Mutterpflanzen im Institut zur Ansicht des Publikums, um deren Wachstum, Habitus, Sorte, Früchte kennen zu lernen, und ist der erste, reichhaltige Katalog nunmehr fertiggestellt. Die ganze gärtnerische Baumanlage wird Ende April oder Anfang Mai dieses Jahres (1889) ihre Vollendung erreicht haben. Dies Institut soll nicht allein dem Handel dienen, sondern in meiner Absicht liegt es, dasselbe zu einer gemeinnützigen Anstalt für Gärtner und Laien nutzbringend zu machen. In meinem Testament habe ich deshalb bestimmt, daß dieser Garten an Sonntagen gegen ein kleines Entrée, die Höhe desselben (etwa 5 oder 10 Pfennig) meinen Söhnen überlassend, für Jedermann offen steht. Das daraus gelöste Geld ist für die Armen von Vilbel und Bockenheim bestimmt, ohne Unterschied der Konfession. Auf gutgeschriebenen Zinketiquetten sind sämtliche Pflanzen, mit genauer Angabe des botanischen Namens und Vaterlandes, für Jedermann leserlich, angebracht, so daß sich für Laien und Fachleute, geschäftlich, wie wissenschaftlich, die Reise nach dem Elisabethenhain lohnen dürfte.

Ich leite die Baumschule von Beginn bis heute mit Lust und Liebe persönlich, unter Assistenz eines gutgeschulten Obergärtners, namens Schildknecht, und es ist mein Wunsch, daß derselbe, wenn er fortfährt treu und ehrlich weiterzuarbeiten, dem Institute lebenslang verbleibt. Doch dies letztere meinen Söhnen überlassend.

Möge es meiner Söhne Aufgabe sein, die Baumschulen in meinem Sinne zu leiten und zu erweitern, damit der Name Elisabethenhain das Gedächtnis der unvergeßlichen, guten Mutter würdig forterhalte, und das Institut mit den anschließenden Höhen und Niederrungen verbunden, ähnlich werde einem Angers, Montreule, Boskoop. Von hier soll nicht nur ein Kleinhandel, sondern ein Welthandel betrieben werden, der die Ware nach den entferntesten Gegenden hin liefert. Es ist mein Wunsch, daß meine Söhne diesen Gedanken in der angegebenen Richtung erfüllen und mit Lust und Liebe dahin wirken, daß mit Gottes Hilfe das Ansehen der Firma mehr und mehr erweitert, dabei aber auch der Wohlstand Vilbels mit in's Auge gefaßt werde, wozu ich ihnen meinen väterlichen Segen gern erteile!

Aus diesen Vilbeler Saatschulen übersandte ich die ersten Abschnitte buntblättriger Bäume und Sträucher, in Gestalt eines Riesenbouquetts, im Herbste 1887, bei Gelegenheit der großen Kaisermanöver, nach Stettin an Ihre Majestät die Kaiserin Augusta, welche mit vielem Interesse die Mannigfaltigkeit der Blattformen und Farben bewunderte. Ebenso entstammten die am 90. Geburtstage Seiner Majestät des Hochseligen Kaisers Wilhelm I. auf dem hiesigen Marktplatz von mir angepflanzten 20 Kaisereichen den Vilbeler Saatschulen. Die Erstlinge des Elisabethenhains, ca. 150 Sorten diverser Bäume und Sträucher, habe ich Sr. Heiligkeit Papst Leo XIII. dediziert, um zur Erinnerung an Hochdessen 50jähriges Priesterjubiläum in die vatikanischen Gärten verpflanzt zu werden, begleitet von einem durch Herrn Dechant Helfrich in lateinischer Sprache abgefaßten Dedikationsschreiben in Albumformat. Die Hauptzierde desselben bildet eine sehr große, kunstvoll ausgeführte Initiale L, eine Kopie aus dem prachtvollen und weitberühmten Evangelienbuche aus dem 13. Jahrhundert in der Bibliothek zu Fulda. Bei der farbenreichen Bordüre diente die Farbenzusammenstellung in einem andern, mittelalterlichen Werke als Muster. Das am Kopfe des Kataloges nach einer photographischen Aufnahme meisterhaft in Aquarellmalerei ausgeführte Bild bietet die Ansicht der ganzen Baumschule in Vilbel. Dies Geschenk wurde persönlich durch Herrn Dechant Ibach Sr. Heiligkeit dem Papste übergeben und von demselben freundlich und mit Interesse entgegengenommen, da er selbst großer Gartenfreund ist.

Es würde zu weit führen, wenn ich auf alle Einzelheiten meiner 50jährigen Praxis zurückkommen wollte. Die Zahl der von mir gemachten Anlagen beläuft sich auf mehr als 1000 im In- und Auslande und erstreckt sich auf alle Gebiete der technischen Gartenkunst, wie: Parkanlagen, Stadtgärten, Squares, Blumen-, Obst- und Gemüsegärten, Friedhöfe, Wintergärten, Irrgärten, Handelsgärten, Ziergärten, botanische Gärten, ferner Grotten-, Brücken- und Straßenbau, Wasseranlagen, sowie architektonische Ausführungen in Gitterarbeiten, als Pavillons, Verandas, Arbeiten in Naturholz, Baumrinde, Kork u. s. w. Ich bin in dieser Schrift nur auf die bedeutendsten und interessantesten Arbeiten näher eingegangen, um damit in kurzen Umrissen meinen Freunden und Söhnen einen Ueberblick meiner Thätigkeit zu geben, den letzteren zugleich die Art und Weise meines Schaffens kundzuthun, mit der dringenden Mahnung, später in meinem Sinne und meinem Geiste kräftig und einmüthig weiter zu arbeiten, damit die Firma *Gebrüder Siesmayer* auf der Höhe bleibt, auf die sie mit so unendlicher Mühe, mit Einsetzen der ganzen Kraft, aber auch von Anfang bis zu Ende mit voller und glühendster Hingabe für die Sache gelangt ist.

## Jubiläumspark Bad Homburg

**Auf den Spuren Lenné's 2**

Am 15. Juni 1913 jährte sich zum 25. Mal die Thronbesteigung Kaiser Wilhelms II. Die Bad Homburger widmeten ihm zu diesem Anlass einen neuen Park, den Jubiläumspark Kaiser Wilhelm II., wie er offiziell heißt. Im gleichen Jahr begann die Firma Siesmayer unter Philipp Siesmayer, dem Sohn Heinrich Siesmayers, mit den Arbeiten und vollendete diese im Frühjahr 1914.

Der Jubiläumspark liegt nordwestlich des Kurparks in den ehemaligen Audenwiesen. Er ist ein eleganter Landschaftsgarten des frühen 20. Jahrhunderts, der sich an das Lenné'sche Konzept des Kurparks Bad Homburg anlehnt und sich diesem nahtlos anfügt. Die Firma Siesmayer war in Bad Homburg durch die Pflege Bad Homburger Kurparks zwischen 1881 und 1930 etabliert.

Der Durstbrunnen wurde 1910 für die Große Kunstausstellung in Berlin von dem Berliner Bildhauer Hans Dammann geschaffen. Er nannte sein Kunstwerk „Durst". 1914 erwarb der Bad Homburger Landrat Helmut von Brüning das Werk und schenkte es der Stadt. Im zweiten Weltkrieg wurden die ursprünglichen Bronzepanther eingeschmolzen. Erst 1979 erhielt der Brunnen wieder zwei neue Panther, die der Frankfurter Bildhauer Ramon Bartholomä schuf.

Der Jubiläumspark ist ohne Einschränkung zugänglich. Er steht den Besuchern als Liegewiese zur Verfügung, für Kinder ist ein schöner Spielplatz vorhanden. Bis 2006 fand hier alle

*Abbildung 17*   Jubiläumspark Durstbrunnen

zwei Jahre die „Bad Homburger Montgolfiade", ein Ballonfestival, statt.

Angrenzend an den Jubiläumspark liegt der Kurpark, einer der bedeutendsten Kuranlagen Deutschlands, geschaffen durch den königlich-preußischen Generalgartendirektor Peter Joseph Lenné (1789–1866). Lenné, dessen Hauptwerke die Gartenanlagen Sanssoucis, die Pfaueninsel, der Schloßpark Charlottenhof und der Berliner Tiergarten sind, schuf den Bad Homburger Kurpark in mehreren Phasen, zunächst 1853 bis 1854, dann 1857 bis 1859. Die Ausführungen vor Ort waren seinem Mitarbeiter Gustav Meyer (1816–1877) übertragen.

Hier finden sich die verschiedenen Mineralquellen, die Bad Homburgs Ruf als Kurbad begründet haben, sowie die Spielbank und die Taunus-Therme. Der Park bietet auch Cafés und Restaurants, sowie unterschiedliche Sportanlagen, darunter der älteste Golfplatz Deutschlands.

# Abschluß

Die ersten Anfänge der Gründung des Geschäftes waren, wie ich gezeigt habe, mit unendlichen Mühseligkeiten, Entbehrungen und Verkennungen aller Art verknüpft, und nur der innere Drang und die Lust zum Schaffen machten es allein möglich, alles dies geduldig zu ertragen, indem wir auf Gottes Hilfe vertrauten und mit ihm auf eine bessere Zukunft hofften. Dies möchte ich meinen Nachfolgern ganz besonders ans Herz legen: daß sie der Kirche treu bleiben in allen Lagen ihres Lebens; gegen Jedermann in ihrem Auftreten zuvorkommend, offen und ehrlich sind; in allen Verhältnissen unzertrennlich bleiben, Einer dem anderen treu zur Seite steht und für ihn eintritt, dann wird es an Gottes Segen gewiß nicht fehlen und ohne den gibt es kein Glück!

Mit diesen Grundsätzen habe ich von Anfang an gearbeitet und es ging, wenn auch anfänglich schwer, doch allmählich von Jahr zu Jahr besser, so daß die Ausdehnung und der Betrieb des heutigen Geschäfts wohl einzig in seinen verschiedenen Leistungen auf dem Gebiete der Kunstgärtnerei dastehen dürfte.

Im Geschäfte sind außer meinem ältesten Sohne drei bis vier gutgeschulte Gartentechniker thätig.

Das kaufmännische Bureau besitzt vier Arbeitskräfte. Außer meinem Bruder einen vorzüglichen Korrespondenten (Buchhalter), Herrn Embach — ich lege meinen Söhnen an's Herz, daß sie seinen Fleiß und seine Treue lebenslang ehren! —, zwei geübte Kommis und einen Bureaudiener. Außer den Genannten besitzen wir ein vorzügliches, gutgeschultes, älteres Personal, allen voran unser treuer Karl Hirlinger (Gartenbau-Techniker), Schüler von mir selbst, der seit 34 Jahren mit treuer Hingabe, eiserner Energie und ausgezeichneten Kenntnissen unserem Geschäfte sich widmet, an dem ich einen bewährten Mitarbeiter und Vertreter gefunden habe. Es ist mein sehnlichster

Wunsch, daß dieser Brave stets im Geschäfte verbleibt und ihm im Falle seiner Arbeitsunfähigkeit eine entsprechende Pension gesichert wird.

Nicht minder arbeitet mit Aufopferung mein ältester Sohn Philipp. Beide Vertreter machen dem Geschäfte Ehre und erleichtern mir in meinen alten Tagen die Arbeit.

Die jüngeren beiden Söhne, Josef und Ferdinand, sind auswärts noch mit ihrer Lehrzeit beschäftigt, und lasse ich auch diese als Spezialisten für Gärtnerei ausbilden. Mein Sohn Josef soll später die hiesigen Baumschulen und den hiesigen Kulturgarten systematisch betreiben und hat daher lediglich als Spezialfach wilde und zahme Baumzucht erlernt. Zu diesem Zwecke war er in einer größeren Baumschule ein Jahr in Trier, darauf ein Jahr in den großen Saatschulen von Despossé-Thuillier in Orleans, um die Vermehrung der wilden und zahmen Baumzucht kennen zu lernen, ebenso bei den bedeutendsten Baumzüchtern Englands und Schottlands zum Studium des Baumschnittes und der Baumzucht. Er soll nun noch in den folgenden anderthalb Jahren holländische und belgische Baumschulen besuchen. Mein dritter Sohn Ferdinand, der hier im Geschäfte eine geraume Zeit thätig war und darauf in einem größeren Handelsgeschäfte Belgiens Studien machte, befindet sich gegenwärtig in Erfurt bei Haage & Schmidt, um sich die nötige Warenkenntnis anzueignen und sich als Kaufmann für den Handelsstand vollständig auszubilden. Ich habe jeden meiner Söhne ausschließlich für diejenige Branche, welche er später im gemeinschaftlichen Geschäfte betreiben soll, Studien machen lassen, damit durch ihr gemeinsames Zusammenwirken Ersprießliches auf dem Gebiete des Handels und der Technik erzielt werde.

Die übrigen Hilfskräfte sind zumeist 10, 20, 30, 36 Jahre unter meiner Leitung thätig, unter ihnen sind sehr gute Planeure und Obergärtner, welche je nach ihren besonderen Kentnissen verwendet werden für den Straßen-, Grotten- und Brückenbau, für die übrigen Terrainarbeiten,

Ausmuldung der Thäler, Weiher- und Bachanlagen, Höhenzüge, Bergkuppenu. s. w., für Arrangements (Pflanzarbeiten), sowie zu allen, für das Gebiet der technischen Gartenkunst erforderlichen Arbeiten. Das Obergärtnerpersonal ist durch die langjährige Praxis so geübt, daß es uns ein Leichtes ist, die Ausführungen der größten Parks in kürzester Frist für fixe Summen zu übernehmen, wie dies überhaupt von jehe die Aufgabe des Geschäftes gewesen ist. Zu diesen technischen Ausführungen gesellen sich ca. 40 ganz bedeutende Gartenunterhaltungen im Abonnement, hiesige und auswärtige, von den größten Parks (incl. Palmen-Treib-Vermehrungshäuser, Mistbeete u. s. w.) bis zu den kleinsten Ziergärten im Gesamtflächengehalt von mehr als 1200 Morgen. Die Unterhaltungen repräsentieren jährlich eine Summe von 175–180 000 Mark und sind dabei ungefähr 150–160 Arbeiter durchschnittlich beschäftigt, exkl. Neuanlagen, welche, je nach Bedarf 70–120 Leute erforderlich machen. Es verteilen sich die Arbeitskräfte wie folgt: Auf Gartenunterhaltungen ca. 80 Arbeiter, 25 Ober-, Untergärtner und Gehilfen, auf die hiesigen Kulturgärten und Baumschulen ca. 25–30 Leute, auf die Vilbeler Baumschulen 12–15 Arbeiter, auf die Werkstatt ca. 8–10 Arbeiter, das technische Bureau 4 Personen, das kaufmännische 5.

Die Werkstätte für Gitter- und Holzarbeiten (Pavillons, Veranden, Brücken u. s. w.) besteht schon seit Beginn des Geschäftes und unterhielt von jeher 8–10 Leute. In den ersten Jahren ist dies ein Haupterwerbszweig gewesen, der sich jetzt durch die Konkurrenz etwas verteilt hat. Näheres über diesen Geschäftszweig ist aus dem illustrierten Katalog zu entnehmen.

## Mitgliedschaft verschiedener Korporationen

Von jeher war es mein eifriges Streben, mich um das öffentliche Leben zu kümmern und, wo ich konnte, helfend einzugreifen. Daher mag es wohl kommen, daß mir mannigfache Verwaltungsämter zugeteilt wurden. So wählte man mich hier 1868 in den Stadtrat, welchem ich 14 Jahre lang angehörte, ferner wurde ich 1860 Mitglied des katholischen Schul- und Kirchenvorstandes und bin es bis auf den heutigen Tag geblieben. Dem Verwaltungsrate der Palmengartengesellschaft gehöre ich seit 1867, dem Verwaltungsrate der Kur- und Heilanstalt Falkenstein seit 1873 an.

1875 wurde ich Vorstandsmitglied des Verschönerungsvereins in Frankfurt a. M. und in demselben Jahre Mitglied und Meister des freien deutschen Hochstifts Frankfurt a. M. Die Gartenbaugesellschaft in Frankfurt a. M. half ich gründen, und am 19. Oktober 1871 ernannte mich die Stadt Nauheim zu ihrem Ehrenbürger.

## Orden, Titel und andere Auszeichnungen

Von Seiner Königlichen Hoheit dem Großherzog von Hessen erhielt ich das Ritterkreuz I. Klasse des Verdienstordens Philipps des Großmütigen (Patent vom 20. Juni 1837), von Seiner Königlichen Hoheit dem Großherzog von Baden das Ritterkreuz vom Zähringer Löwen II. Klasse (Patent vom 17. Dezember 1874), von Seiner Majestät dem König von Preußen den Kronenorden IV. Klasse (Patent vom 18. Januar 1875).

Endlich verlieh mir Seine Heiligkeit Papst Leo XIII. das Kreuz Pro Ecclesia et Pontifice in Gold (Patent vom 31. Dezember 1888).

Am 6. Mai 1872 wurde ich zum Königlich Preußischen Garteninspektor ernannt, am 29. Juni 1872 erhielt ich den Charakter eines Großherzoglich Hessischen Hofgarten-Ingenieurs und am 18. April 1878 den Titel eines Königlich Preußischen Gartenbaudirektors.

Ferner wurde mir die silberne Medaille zuteil für eine Phantasie-Schweizerlandschaft (Tableau) auf einer Pflanzenausstellung in Biebrich 1842. Desgleichen erhielt ich Anerkennungsdiplome in Hessen-Kassel 1842, Metz 1844 und die Große goldene und silberne Staatsmedaille auf der Patent- und Musterschutz-Ausstellung Frankfurt a. M. Herbst 1881, für die hervorragendsten Leistungen auf dem Gesamtgebiete technischer Gartenbaukunst.

## Geschenke

An Geschenken erhielt ich von Seiner Majestät dem Kaiser Nicolaus von Rußland 1841 einen wertvollen Brillantring, als Anerkennung für eine Lieferung seltener Pflanzen für den botanischen Garten zu Petersburg,

desgleichen 700 neugeprägte Guldenstücke mit der Jahreszahl 1846 von Komtesse Luise von Reichenbach-Lessonitz für zufriedenstellende Leistungen im Parke zu Hof Goldstein bei Schwanheim, desgleichen 400 Thaler in Silber von Herrn Carl Jost, als Anerkennung für kunstgerechte Ausführung seiner Parkanlagen in Mehlem bei Godesberg 1850,

ferner von Seiner Königlichen Hoheit Prinz Karl von Preußen 1870 einen Brillantring, den er mir persönlich im Saale des Russischen Hofes in Frankfurt an meinen Zeigefinger steckte, als Anerkennung gärtnerischer Leistungen in Wiesbaden und Frankfurt a. M.

Je eine Brillantnadel erhielt ich von Seiner Kaiserlichen Hoheit dem Erzherzog Stefan von Oesterreich, von den Gärtnern Hanaus, von dem Grafen Ixquill, von dem Herzoglich Nassauischen Hofgarten-Direktor Thelemann, von dem Garteninspektor des Erzherzogs Stefan von Oesterreich auf Schloß Schaumburg bei Diez a. d. Lahn.

Graf von Lüttgen, Baden-Baden, verehrte mir einen silbernen Pokal.

Ein wertvoller Tafelaufsatz, Blumengöttin in getriebenem Silber, wurde mir von der Palmengartengesellschaft Frankfurt a. M. 1872 dediziert, ebenso zwei silberne Fruchtschalen von Herrn von Herf, Flügeladjutant des Großherzogs von Hessen.

Diverse Gegenstände: Reiterstatuen, Staffelei, Girandoles, Möbelstücke, prachtvolle Pendules u. s. w. machte mir Freifrau M. C. von Rothschild und Freifräulein Luise von Rothschild zum Geschenk.

Ferner erhielt ich ein Oelgemälde, italienisches Blumenmädchen von Maler Calta in Rom, von Herrn Generalkonsul von Lade in Geisenheim, sowie zwei wertvolle Oelgemälde, die Sixtinische Madonna und Kardinal Caraffa von Herrn Ferd. Heuer, als Anerkennung für gärtnerische Leistungen. Herr Gustav Böhm dedizierte mir ein Oelgemälde, Taunuslandschaft von Maler Peter Becker, Frankfurt a M.

Mein unvergeßlicher Freund, Rat Heimpel, vermachte mir eine Miniaturstatue meines Lehrherrn Sebastian Rinz sen., modellirt von Professor Zwerger, Frankfurt a. M. Ein Album der Stadt Elberfeld wurde mir als Andenken von dem Komitee des dortigen Zoologischen Gartens für zufriedenstellende Leistung gewidmet. Herr und Frau Dr. Wilhelm von Erlanger zu Ingelheim und Herr Willy Rohmer zu Bockenheim schenkten mir ihre Portraits, letzterer auch Photographieen der verschiedenen Partien seines von mir angelegten Parkes.

Photographieen in Großformat aus der Schweiz (Wimbach-Klemm, Gollinger Wasserfall, Königsee u. s. w. u. s. w.) erhielt ich von Herrn Bernhardt Andreae-Winkler, Verwaltungsrat der Palmengartengesellschaft; ferner von Dr. Stein ein Album, Pfingstgruß in Gedichtform, als Anerkennung für ein kleines Gartenarrangement. (Das Gedicht ist im Anhang abgedruckt.)

Ein Ehrendiplom (siehe Anhang) wurde mir von der Stadt Bockenheim zum 70. Geburtstage, den 26. April

1887, überreicht, mit künstlerischer Ausstattung von Herrn Architekten Lüthi hier, und an demselben Tage erhielt ich ein Tableau von 10 Bildern meiner eigenen Schöpfungen im Palmengarten von Direktor Paul Böhm daselbst.

## Anerkennende Worte

Während durch die vielen und verschiedenartigsten, oben näher beschriebenen Arbeiten unser Geschäft bis zu seiner gegenwärtigen Ausdehnung heranwuchs, und dadurch meine materielle Lage sich immer besser gestaltete, war es mir ein mächtiger Sporn zu fortgesetztem Schaffen aus dem Munde von hohen und höchstgestellten Persönlichkeiten, sowie von Fachmännern, Worte der Anerkennung zu hören. Als solche will ich hier nur folgende anführen:

Seine Majestät Kaiser Wilhelm I. sagte bei einem Besuche des Palmengartens zu Herrn Oberbürgermeister von Mumm: „Stellen Sie mir doch den Schöpfer des Palmengartens vor!", darauf zu mir sich wendend und höflich grüßend; „Der Palmengarten, Ihr Werk, ist so wunderschön, wie ich derartiges Arrangement nie schöner gesehen!"

Ihre Majestät die Kaiserin Augusta bei mehrmaligem Besuche des Palmengartens im Beisein Ihrer Excellenz Gräfin Hacke: „Der Palmengarten kommt mir bei jedem Besuche schöner vor!"

Seine Königl. Hoheit Prinz Karl von Preußen, bei einem Besuche im Palmengarten, eine Pelargonien-Gruppe musternd: „Herr Inspektor, woher kommt es, daß die Pelargonien in Wiesbaden und auch hier so gering und unansehnlich sind?" Darauf ich, mich vor ihm verneigend: „Königliche Hoheit, ich kenne die Pelargonienkulturen zu wenig!" Erstaunt über diese Antwort fragte er: „Das sagen Sie selbst?" Ich antwortete ehrerbietigst: „Ja!" Dies hat ihm so imponiert, daß mir Graf Dönhoff, sein Begleiter, berichtete, ich sei durch diese Antwort heute bedeutend bei dem Prinzen gestiegen, solche Bescheidenheit sei ihm noch nicht vorgekommen.

Seine Durchlaucht, Fürst Pückler-Muskau von Sayn kommend: „Ich wollte Sie gerne persönlich kennen lernen, deshalb komme ich eigens nach Bockenheim. Ihre Anlagen in Sayn geben, wenn Sie so fortfahren, alle Berechtigung eines großen Meisters für die Zukunft!"

Excellenz Feldmarschall von Stosch, Berlin, brieflich: „Sie haben mir durch Ihre Leistungen in meinen alten Tagen viel Freude gemacht!"

Kurfürstlich Hessischer Finanzminister von Bechtel 1854 bei Besichtigung des Nauheimer Parkes: „Bei Ihnen kommt das Wort der Schrift zur Anwendung: „An ihren Früchten sollt ihr sie erkennen!" "

Seine Kaiserliche Hoheit Erzherzog Stefan von Oesterreich, Schloß Schaumburg bei Diez a. d. Lahn, bei einer Unterredung im französischen Garten über Gitterarbeiten: „Sie sind der stumme Meister, Ihre Ausführungen freuen mich!"

Kommerzienrat Krupp in Essen über den Nauheimer Park: „Ihre Anlagen zeichnen sich vor allem übrigen durch ihre ästhetischen Formen aus, ich werde Sie auch bei den meinigen zu Rate ziehen!"

Seine Excellenz Aristarchi-Bey, türkischer Botschafter in Berlin, auf seiner Villa in Biebrich: „Ihre Ausführungen übertreffen noch Ihren Lehrmeister Thelemann!"

Ihre Hoheit Gemahlin des Prinzen Carl von Preußen nannte mich bei jedesmaligem Sehen den „Braven".

Ihre Königliche Hoheit Großherzogin von Baden in den Karlsruher Anlagen: „Ihre Majestät die Kaiserin spricht häufig mit Entzücken von Ihren Kunstanlagen!"

Die Hofgarten-Intendantur berichtet von der Ordensverleihung: „Sie sehen, wie Sie hier geehrt und geachtet sind, Prinz Carl schlug Sie vor für den Kronenorden, die Hofgarten-Intendantur für den Roten Adlerorden!"

Geheimer Regierungsrat und Eisenbahnpräsident Hendel in Frankfurt a. M.: „Immer der Treue und Dankbare, in guten wie in schweren Tagen!" (schriftlich bei seinem 50 jährigen Dienstjubiläum.)

Präsident des Verschönerungsvereins in Mainz, Dr. Bittschaft, bei Einladung zur Eröffnung der neuen Gartenanlagen in Mainz 1862, brieflich: „Wir können nur dann fröhlich sein, wenn Sie in unserer Mitte sind. Wir haben die Anlagen in dieser kurzen Zeit nur Ihrem Schönheitssinn, Ihrer Energie und Thatkraft zu verdanken!"

Herzogl. Nassauischer Hofgartendirektor Thelemann in Karlsruhe unter Thränen: „Nur ein Siesmayer, Sie sind der einzig dankbare in meinem ganzen Leben!"

Kaiserlich Königlicher Hofgartendirektor Jühlke, Sanssouci bei Potsdam, bei Besichtigung des Palmengartens: „Sie machen unserem Gärtnerstande durch Ihre Schöpfungen alle Ehre!"

Hofgartendirektor Petzold, bei Seiner Durchlaucht dem Fürsten Pückler-Muskau, nach Besichtigung des Palmengartens, Nauheims u. s. w.: „Sie sind vollendeter Meister, besonders für kleinere Bilder!"

Großherzoglich Sächsischer Hofgarteninspektor Jäger, Eisenach: „Unübertroffen sind Ihre Terrainarbeiten!"

Großherzoglich, Hessischer Hofgartendirektor Geiger zu Darmstadt, bei Eröffnung einer Rosenausstellung zu Bad Nauheim, als er den früheren Spielsaal als vertieftes Rosenparterre mit Fontaine umgewandelt sah, zu welchem Zwecke ich den Parquettboden und selbst die Balken hatte heraushauen lassen, so daß Herr Bankdirektor Viali über diese Kühnheit entrüstet war, indem er glaubte, die Halle stürzte zusammen: „Das kann nur ein Siesmayer, aus einer Spielhölle einen Rosengarten schaffen!" Herr von Herf, Flügeladjutant des Großherzogs, zu mir sich wendend: „Der Großherzog wird heute die Ausstellung besuchen und Sie durch einen Titel auszeichnen!" Gegen Mittag ernannte mich denn auch derselbe zu seinem Hofgarteningenieur, dabei die Hand auf meine Schulter legend mit den Worten: „Sie braver Darmstädter!"

Handelsgärtner Rühl in Frankfurt a. M.: „Das ist der Moltke unter den Gärtnern!"

Graf Oriola, Schloß Büdesheim: „Nie habe ich einen höflicheren und gewandteren Geschäftsmann getroffen, als Sie; wenn ich eine Tochter hätte, würde ich sie Ihnen geben!"

Rentier Merklinghaus in Barmen, bei Uebersendung von 24 000 Mark für Gartenanlagen: „Meinen Dank für Ihre herrlichen Ausführungen! Nicht allein ich und meine Frau, sondern auch meine Söhne werden Ihnen lebenslang dankbar sein!"

Seine Durchlaucht Fürst Metternich auf Schloß Johannisberg: „Sie sind der Meister meines prächtigen Blumenparterres, ich führe Sie selbst zur Tafel!"

Generalkonsul Bauer aus Moskau: „Ich komme von Johannisberg und bin entzückt von den prachtvollen Gartenanlagen, die Sie geschaffen haben. Empfangen Sie meinen Dank dafür, meine Söhne werden den ihrigen ebenfalls noch ausdrücken!"

Generalkonsul von Lade in Geisenheim bei einem Wiedersehen nach langer Zeit, nach geschäftlichen, fatalen Differenzen: „Sie sind gärtnerisch der zweite Napoleon, an Ihnen ist alles Stahl und Eisen!"

Ihre Königliche Hoheit Großherzogin Stefanie 1850 auf ihrem Schlosse in Baden-Baden zu Herrn Gartendirektor Thelemann äußernd: „Was haben Sie da für einen kleinen, lebendigen Gärtner; er macht mir jedesmal Freude, wenn ich seine Energie und sein emsiges Schaffen von meinen Fenstern aus beobachte!"

Gräfin Solms-Rödelheim in Altenhagen bei einer Begegnung in Nauheim: „Jeder, der Ihre Pflanzungen auf meinem Gute in Altenhagen (Neupommern) sieht, ist entzückt, und wir sind stolz auf diesen prächtigen Garten!" (Eine Schöpfung, vor mehr als 20 Jahren von mir ausgeführt.)

Oberbürgermeister Miquel, Polizeipräsident von Hergenhahn und verschiedene preußische Generäle bei Besichtigung der Parkanlagen in der Patent- und Musterschutz-Ausstellung: „Ihre Schöpfungen hier sind entzückend, das Werk lobt den Meister!"

Polizeipräsident von Madai: „Immer der Treue!"

Rentier Cohn-Speyer in Königstein, einer größeren Gesellschaft den Garten zeigend, zu mir: „Schauen Sie Ihr prächtig ausgeführtes Werk, ich bin stolz darauf!"

Englischer Generalkonsul Oppenheim, als ich den Rest von 17 000 Mark entgegennahm für Anlage seines kleinen Ziergartens: „Sie sind der Einzige, der mir Freude gemacht hat durch seine schöne Ausführung und prompte Bedienung, und gebe ich Ihnen die schuldige Restzahlung gerne!"

Friedrich Böhler in Frankfurt: „Sie sind derb, aber echt!"

Der Redakteur einer französischen Zeitung: „Siesmayer ist der deutsche Lenôtre!"

## Auszeichnungen für die Firma Gebrüder Siesmayer

Während mir durch Wahl in viele Korporationen, durch Verleihung von Orden und Titeln, durch Geschenke und anerkennende Worte persönliche Auszeichnungen in reichem Maße zu Teil wurden, fehlte es auch nicht an solchen für die Firma Gebrüder Siesmayer.

Nacheinander wurden wir Hoflieferanten, und zwar: Seiner Königl. Hoheit des Prinzen Karl von Preußen am 20. Juli 1869, Seiner Königl. Hoheit des Großherzogs von Baden am 30. Mai 1876, Seiner Königl. Hoheit des Großherzogs von Hessen und bei Rhein am 29. Mai bezw. 26. Juni 1877, Seiner Majestät des Königs von Preußen am 29.

Mai 1884, Ihrer Majestät der Königin von Preußen am 20. Januar 1887.

An Preisen erhielten wir:

Sechs große wertvolle, chinesische Vasen von Ihrer Majestät der Kaiserin Augusta, als erste Preise bei mehreren Pflanzenausstellungen in Frankfurt a. M.

Desgleichen als erste Preise: 2 goldene Pendules für die reichhaltigste Sammlung neuester und bestkultivierter Koniferen, in der Ausstellung Frankfurt a. M.

Als ersten Preis von Ihrer Königl. Hoheit der Großherzogin Alice von Hessen ein prachtvoll ausgestattetes Album mit Gräsern, bei einer Blumenausstellung in Darmstadt für hervorragende Leistungen im Dekorationsfache, in Gitterarbeiten und plastischer Ziergärtnerei;

2 silberne Dessertteller für bestkultivierte Schaupflanzen, Ausstellung Frankfurt a. M.

Silberner Pokal von der Stadt Bockenheim, als Anerkennung für Herstellung des Markplatzes;

4 große, goldene Vereinsmedaillen für die reichhaltigsten Sammlungen bestkultivierter exotischer Pflanzen, bei verschiedenen Gartenbau-Ausstellungen in Frankfurt a. M.;

12 diverse große und kleine silberne Medaillen auf mehreren Ausstellungen für hervorragende Leistungen verschiedener Pflanzenkulturen;

ca. 30 diverse, silberne und bronzene Medaillen und Geldpreise auf Ausstellungen in Mainz, Darmstadt, Mannheim, Hamburg, Frankfurt, Biebrich u. s. w.

## Villenpark Hohenrode Nordhausen

### Ein Kleinod wird wieder erweckt

In Nordhausen in Thüringen hat sich mit dem Villenpark Hohenrode bis heute eine Anlage Heinrich Siesmayers nahezu unverändert erhalten. Der 1874 angelegte Park wurde 1904 bis 1912 durch Philipp Siesmayer erweitert. Mit diesem Park haben wir eine der wenigen Arbeiten der Siesmayers im östlichen Deutschland vor Augen. Die Besonderheit Hohenrodes ist sowohl die herausragende künstlerische Konzeption von Villa und Park, die heute trotz erheblicher Vernachlässigung noch immer gut nachvollziehbar ist, als auch die besondere Nutzung als Arboretum.

Auftraggeber war der Nordhäuser Tabakfabrikant Carl Kneiff (1829–1902). Als Architekten beauftragte er Ludwig Bohnstedt (1822–1885) aus Gotha, der kurz zuvor den ersten Wettbewerb für das Reichstagsgebäude in Berlin gewonnen hatte und damit zu den großen Architekten seiner Zeit zählte. Auch Heinrich Siesmayer genoss zu jener Zeit, kurz nach der Gründung des Frankfurter Palmengartens, ein enormes Renommee.

Am Stadtrand von Nordhausen entstand auf einem Südhang ein zurückhaltender landschaftlicher Park mit elegant geschwungenen Wegen. Die Villa, im Stil angelehnt an italienische Landhausarchitektur der Renaissance, und das Nebengebäude sind in der Mitte der Anlage angeordnet. Auf der Anhöhe errichtete Bohnstedt einen klassizistischen Pavillon.

Siesmayer pflanzte überwiegend einheimische Gehölzarten wie Ahorn, Linden, Ulmen und Eichen, darunter auch rotblättrige und panaschierte Arten. Besondere Akzente schuf er mit Gruppen von weißblühenden Roßkastanien und Trompetenbäumen in Sichtweite der Villa. Dieser Baumbestand wurde von Carl Kneiff durch seine dendrologischen Sammlungen, besonders mit Eichen- und Ahornarten ergänzt. Bis heute finden sich auch verschiedenste Eschen-, Scheinakazien- und Kastanienarten, etwa die gelbblühende Aesculus flava.

Der Sohn Fritz Kneiff (1864–1944) war ebenfalls begeisterter Gehölzsammler und ließ daher ab 1904 den Park nach Osten hin erweitern. Philipp Siesmayer führte die Gestaltungsprinzipien des älteren Parkteils fort. Kneiff ließ auch etliche Bäume aus dem alten, zwischenzeitlich übervollen Park als Großbäume in den neuen Parkteil verpflanzen. Einige haben die Zeiten bis heute überdauert. Heute noch bietet der Park zahlreiche dendrologische Besonderheiten, auch wenn eine Windhose 1980 zum Verlust vieler Altbäume geführt hat.

*Abbildung 18*   Hohenrode Hainbuchen

Nach 1989 erhielten die in Baden-Württemberg lebenden Nachfahren der Kneiffs wieder Zugriff auf ihren Besitz, der nie enteignet worden war. Der Park hat, im Gegensatz zu anderen Anlagen Siesmayers, keine Flächenverluste erlitten und wurde auch in seiner Gestalt nicht verändert. Es sind noch alle Wege ablesbar und die wertvollen, für Siesmayer typischen Bodenmodellierungen sind ebenfalls noch vorhanden. Ein maßvolles Wiederherstellungskonzept für den Park liegt vor.

Park und Villa Hohenrode sind ein wichtiges kulturelles Erbe Nordhausens. 2005 hat sich hier der Förderverein Park Hohenrode e.V. gegründet, der mit Hilfe von Spenden und praktischer Arbeit das Pflegekonzept nach und nach umsetzen möchte.

Der Park ist frei zugänglich. Wegen des schlechten Pflegezustandes ist bei einem Besuch jedoch Vorsicht geboten. Vom Beethovenring, in der Nähe der Abzweigung von der B4, führt eine Treppe in den Park. Beste Besuchszeit ist das späte Frühjahr oder der Herbst. Ein Rundgang durch den gesamten, knapp 10 Hektar großen Park dauert etwa 1,5 Stunden. Der Förderverein bietet in unregelmäßigen Abständen Führungen im Park an.

## 70. Geburtstag

Wenn ich heute, im 72. Lebensjahre, einen Rückblick auf meine gärtnerische Laufbahn werfe, so muß ich vor allem Gott innigst danken, daß er mir Armen den Mut, die Kraft und Ausdauer in den verschiedenen, schwierigen Lebenslagen gegeben hat. Die ganze Entwickelung und Ausbreitung des Geschäftes bis zur heutigen Stunde ist ja in erster Linie nur seinem Segen zu verdanken.

Einer der glücklichsten und schönsten Tage meines ganzen Lebens war die Feier meines 70. Geburtstages, weshalb ich auch mit der Beschreibung desselben diese meine Skizze aus dem Leben schließen will.

Ich war an diesem Tage — dem 26. April 1887 — umringt von einem Kranze braver Söhne, Töchter, Schwiegersöhne, Enkel und Freunde, die zum Teil aus weiter Ferne herbeigeeilt waren, um mich an meinem Jubelfeste zu begrüßen. Es war in der That ein solches; denn nicht allein mein Haus, auch die politische und kirchliche Gemeinde nahmen Anteil an diesem meinem Glücke. Schon in aller Frühe ertönten feierlich die Glocken und mahnten mich und viele meiner Verehrer an diesen seltenen Tag, den ich durch Teilnahme an einem Dankgottesdienste beginnen wollte. Viele Freunde drückten mir schon hier, im Gotteshause, die Hand und beglückwünschten mich aufs herzlichste. Von der blühenden Schar meiner Kinder und Verwandten nach Hause geleitet, wurde ich dort unter den Klängen eines Musikchors von einer Deputation meines Arbeiterpersonals, darunter 20-, 30-, 36-jährige treue Mitarbeiter, begrüßt, welche mir im Namen sämtlicher Arbeiter jubelnd ihre Glückwünsche ausdrückten. Unterdessen versammelten sich meine Kinder, Schwiegersöhne und sonstigen Gäste in einem meiner schlichten Zimmer, auch die lieben Enkel fehlten nicht und studierten eifrig ihre Festgedichte. Meine älteste Tocher Anna führte mich nun in den zu dieser Feier von meinem Bruder Nicolaus prächtig dekorierten Festsaal. Tiefergreifend war der von meinem Schwiegersohne Franz Lönholdt zur Eröffnung der Feier gesprochene Prolog, während dessen eine zu diesem Zwecke angefertigte und bis dahin verschleierte Büste von mir samt dem großen Familienbilde mit 23 meiner Lieben enthüllt wurde. Alsdann überreichten die Enkel Blumensträußchen und trugen dazu in kindlicher, lieblicher Weise sinnige Festgedichte vor. Kaum war das letzte damit zu Ende, so wurde ich aufs neue überrascht durch Eintreten des katholischen Kirchenvorstandes. Herr Dekan Helfrich, Kaplan Bott und Stadtrat Kleinschnitz übermittelten mir die Glückwünsche des gesammten katholischen Kirchenvorstandes, sowie der übrigen Gemeindemitglieder, worauf ich tiefgerührt nur einige Worte des Dankes erwidern konnte. Fortwährend kamen nun neue hiesige und auswärtige Gratulanten, dazwischen Briefe und telegraphische Glückwünsche in großer Zahl, auch verschiedene, prachtvolle Blumenspenden, darunter ein Kranz von Lorbeer und Edelweiß mit begleitendem Gedicht von Frau Hautpmann Jancowic' aus Graz. Auch erschien im Laufe des Vormittags der Stadtvorstand von Bockenheim, Herr Bürgermeister Temme, Vicebürgermeister Wurmbach, Ausschußvorsteher Dr. Jacobi II. und überreichten mir eine prachtvolle, von Künstlerhand ausgestattete Dankadresse, welche Herr Bürgermeister Temme mit gehobener Stimme vorlas, und in der ganz besonders meine Verdienste und meine Willenskraft hervorgehoben wurden. Kaum imstande, hierauf etwas zu erwiedern, faßte ich mich kurz und sagte etwa folgendes:

„Meine Herren! Sie haben mich und meine Familie durch Ueberreichung dieser Adresse hoch geehrt, und werde ich diese als einen Schatz in meinem Hause für alle Zeiten betrachten. Was nun den Dank der Stadt betrifft, so wiegt das 47-jährige Wohlwollen, das Sie mir stets erwiesen, das Wenige, was ich gethan, völlig auf; alles was ich hier geleistet, bedarf keines weiteren Dankes; ich habe nur das gethan, was mich meine Mutter auf ihrem Schoße lehrte!"

Die Zahl der Glückwünschenden nahm noch immer zu, so daß die Räume kaum im Stande waren, dieselben alle aufzunehmen. Sie alle waren sichtlich darüber erfreut, mich, den Siebzigjährigen, in körperlicher und geistiger Frische unter sich zu sehen. Als nun nach geraumer Zeit die Gratulationen zu Ende waren, ging es zum gemütlichen, fröhlichen Mahle im Familien- und Freundeskreise. Auf der Mitte der Tafel prangte ein prachtvoller, silberner Aufsatz mit Blumengöttin, das früher schon erwähnte Geschenk der Palmengartengesellschaft, reich ausgeschmückt mit Früchten und Blumen. Auf dem Ehrenplatze, in der Mitte meiner Kinder und Freunde, überschaute ich die Lieben alle, die sich wie ein prächtiger Kranz um mich scharten. Welches Glück für einen 70jährigen Vater, die Seinen alle glücklich und vergnügt um sich zu haben, ich wiederhole es, dies war wohl mit der schönste Tag meines Lebens!

Den ersten Toast brachte in beredter, schwungvoller Weise mein langjähriger, verehrter Freund, Herr Dekan Helfrich, aus dem eine ganze Reihe launiger, interessanter Vorträge folgte. Ich erwähne davon nur denjenigen meines Schwiegersohnes Franz Fuchs, der in einem tiefdurchdachten Gedichte meinen Wahlspruch: „Nur vorwärts, nicht verzagt, nicht viel nach rechts und links gefragt, mit Gott gewagt!" weiter ausführte.

Die späte Abendstunde brachte mir den letzten Gruß, eine musikalische Ovation des katholischen Kirchenchores, unter dessen feierlichen Klängen bengalisches Feuer, pots à feu und Raketen zum Himmel aufstiegen; so schloß dieser für mich ewig denkwürdige Tag.

## Schlußwort

In dieser Schrift habe ich in kurzen Zügen meine gärtnerische, vielbewegte Laufbahn, so gut als mir heute noch
erinnerlich, niedergeschrieben, um — ich wiederhole es
nochmals — meinen Nachfolgern eine Richtschnur für das
ganze Leben zu hinterlassen. Ich gebe mich mit voller Zu-
versicht der Hoffnung hin, daß sie die darin ausgedrückten
Grundsätze und Wünsche ihres Vaters, der nur stets ihr
Bestes im Auge gehabt hat, hochhalten, dann wird mit
Gottes Hilfe auch ihre Zukunft sich glücklich gestalten!

# Literatur

**Einleitung**

„Die Geschichte der Gärten und Parks", Hrsg. Hans Sarkowicz, Insel Verlag, Frankfurt am Main und Leipzig 1998.

„Schnellkurs Gartenkunst", Michaela Kalusok, DuMont Literatur und Kunstverlag, Köln 2003.

**Rauischholzhausen**

„Der Schlosspark von Rauischholzhausen", Herrmann Deuker, Ingo Dienstbach, Klaus Laaser, H. Deuker 1983, Kommissionsverlag edition gießen im Verlag der Ferber'schen Universitätsbuchhandlung.

Denkmalpflege & Kulturgeschichte 1/2001, „Der Schlosspark von Rauischholzhausen zwischen Denkmalpflege und Naturschutz", Annette Otte & Kirsten Fründt, Herausgegeben vom Landesamt für Denkmalpflege Hessen.

**Park der Villa Gail**

Denkmalpflege und Kulturgeschichte 1/2004, „Ein Muster der Gartenkunst zur Gründerzeit", Wenzel Bratner, Herausgegeben vom Landesamt für Denkmalpflege Hessen.

J. Kehm, „Rundgang durch den Park der Villa Gail in Rodheim", Broschüre, Herausgegeben vom Förderverein Freundeskreis Gail'sche Villa und Park e.V., 2003.

**Bergpark der Villa Anna**

„Denkmaltopographie Bundesrepublik Deutschland", Kulturdenkmäler in Hessen, Main-Taunus-Kreis, Herausgegeben vom Landesamt für Denkmalpflege, Theiss 2003.

Dr. Bertold Picard, „Geschichte in Eppstein", Verlag Waldemar Kramer, Frankfurt 1995.

**Mannheimer Luisenpark**

H. Wawrik, „Mannheimer Luisenpark", Stadt und Grün, 8/96, S. 567-573.

**Kurpark Bad Nauheim**

Manuel Bechtold, „Der Kurpark in Bad Nauheim als Kernzone der Landesgartenschau 2010, Chancen und Risiken aus gartendenkmalpflegerischer Sicht", Diplomarbeit, FH-Weihenstephan, FB Landschaftsarchitektur, 3. überarbeitete Auflage, März 2005.

**Villenpark Hohenrode in Nordhausen**

Barbara Vogt, „Park Hohenrode, Nordhausen", Hg. vom Wissenschaftlichen Verein — Förderverein der Fachhochschule Nordhausen e. V., Bd. 4 der Schriftenreihe Nordhausen, 2001 (mit aktuellem Plan).

# Abbildungen

# Bildnachweis und Danksagung

Abbildung 1: Möller's Deutsche Gärtner-Zeitung, 1882, S. 243. Abbildung 4, 5, 7, 13: Thorsten Reuter. Abbildung 6: WEBER, Karl (1906): Die Park- und Waldanlagen von Bad Nauheim nebst einigen Ausflügen in die Umgebung des Bades. Selbstverlag, Bad Nauheim.

Für Informations- und Bildmaterial danken die Herausgeber folgenden Personen und Institutionen:

Stefanie Kürten, Kur- und Kongreß-GmbH, Bad Homburg, Dr. Bertold Picard, Förderverein Bergpark Villa Anna , Eppstein/Ts., Dr. Dieter Kunz, Jugendberatung und Jugendhilfe e.V., Frankfurt/Main, Frau Brigitte Faatz, Stadtarchiv Bad Nauheim, Kathrin Müller, Bad Nauheimer Stadtmarketing und Tourismus GmbH, Frau Beate Datzkow, Stadtarchiv Bad Homburg v.d.H. (Abbildung 2, 3), Claudia Schmid, Palmengarten, Magistrat der Stadt Frankfurt (Abbildungen 8, 9), Joachim Költzsch, Irene Augsten, Stadtpark Mannheim GmbH (Abbildungen 10, 11), Thielo Riemann, Kempinski Hotel Falkenstein (Abbildung 12), Karl Henkel und Andreas Dörr, Universität Gießen, Rauischholzhausen (Abbildung 14) sowie Jochen Kehm, Freundeskreis Gail'scher Park (Abbildungen 15, 16).

Für Anregungen bei der Herausgabe der „Lebenserinnerungen" danken wir Martin Müller, Pfarrer Franz Reike, Gerhard Becker und Tobias Siesmayer.

Für Korrekturlesen und Mitwirkung an der Überarbeitung danken wir Silke Meyer, Christina Becker, Petra Liening, Andrea Färber und Clemens Anderlitschka.

Frau Eva Boehme, Bremen, danken wir für das Siesmayer Porträt auf der Einband-Titelseite.

Frau Barbara Vogt, Frankfurt/Main, danken wir besonders für die wissenschaftliche Überarbeitung, umfangreiches Material und die große Hilfe bei vielen kleinen Korrekturen und Fragen zu Heinrich Siesmayer.